昔はおれと同い年だった田中さんとの友情

椰月美智子

双葉文庫

昔はおれと同い年だった田中さんとの友情

1

「うそだろ?」

「マジか?」

「なんだよ、これ」

みどり公園にどーんと建てられた看板を見て、おれたち三人は顔を見合わせた。

「ざけんなっての!」

「誰が決めたんだよ!」

「これからどうすんだ!」

——この公園内でスケートボード及びローラースケート(類するものを含む)をすることは禁止です。

立て看板に、大きな字でそう書いてある。

おとといの日曜まではできたのに！　なんで突然禁止になるんだ⁉

「クソだな」

「クソだよ」

「クソだ」

スケボーをバックパックにくくりつけたまま、三人でベンチに座った。

「どうする？」

忍が言い、

「どうしようか……」

と、宇太佳が沈んだ声を出す。

「どこかスケボーできる場所ないかなあ」

四月の水色の空を見上げて、おれはつぶやいた。

おれたちは今、スケボーにハマっている。数年前からブレイブボードは流行っていたけれど、少し物足りなかった。ブレイブボードは地面を蹴らなくても滑れる。おれは自分の力でデッキを滑らせて、いろいろな技をやってみたかった。

お正月にもらったお年玉で、スケートボードを買った。最初はバランスを取って前に進むだけで精一杯だったけれど、少しずつ慣れていって、どんどんのめり込んでいった。

そのうちに忍と宇太佳も、なんだかおもしろそうじゃないかと、スケボーデビューを果たした。それからは、時間があれば三人で集まって練習するようになった。

今では、ちょっとしたジャンプもできるようになった。もっと技を極めたい。もっとトリックを覚えたい。

みどり公園は、スケボーの練習をするのにうってつけの場所だ。広大な敷地に幅の広い道が通っていて、そこで思う存分滑ることができるし、公園の中心部にある円形のモニュメントはミニランプみたいになっていて、ジャンプの練習をするのにもってこいだ。

それなのに、みどり公園でスケボーは禁止⁉　冗談じゃない！

おれは足元にあった小石を勢いよく蹴った。

「ここでできなくなったら、スケボーできるところなんてもうないよな」

忍の言う通りなのだった。車の通りが少ない道で滑ったこともあったけど、スケボーやブレイブボード人口が多くなってきたら、どこもかしこも禁止になってしまった。学校にまで通達が来て、

「禁止されている場所では、スケートボードやブレイブボードをやらないこと。くれぐれも約束を守るように」

と朝礼のとき、校長先生に釘を刺された。

じゃあ、一体どこでやれって言うんだ。設備の整ったスケボーパークなんて、市内にはない。いちばん近いスケボーパークまでは電車に乗って一時間以上もかかる。交通費もかかるし、そんな遠くまでスケボーをやりにいくことを親が許すはずがない。

みどり公園だけが、唯一スケボーができる場所だったのだ。

「やる場所がないんだったら、この町でスケボーなんて売るなよな……」

見当違いだってことはわかっているけど、そんな言葉が口をつく。

「ほかにどこか、スケボーできる場所ないかなあ」

宇太佳が空を見上げてつぶやく。

「うーん」

おれは腕を組んでうなりながら、このあたりの地理をつぶさに頭に思い浮かべた。どこか。どこかないだろうか。禁止されていなくて、怒られなくて、通報されない、スケボーができる場所。どこか……。

「あっ！」

大きな声を出したおれを、忍と宇太佳が同時に見る。

「拓人、どこか思い当たるところがあるのか？」

忍に聞かれ、おれは慎重にうなずいた。

「ほら、あそこはどうかな」

「どこ!?」

忍と宇太佳の声がそろう。

「花林神社」

「かりんじんじゃあ？」

「いや、もちろん花林神社の境内じゃないよ。神社の前の通り。少し広くなっている場所があるじゃん。車は通らないし人通りも少ないし、大丈夫なんじゃないか？」

「えー」

宇太佳がこっちを見る。

「あそこはまずいよ」

「ずっと前にＢＢ弾をやった神社だろ？　またあのおじいさんに、なんか言われるぜ」

二人とも浮かない顔だ。おじいさんというのは、花林神社の管理人みたいなことをやっている人のことだ。

去年、神社内でBB弾の撃ち合いをしていたら、そのおじいさんに声をかけられた。怒られたわけじゃなくて、おれたちがなんの遊びをしているのかを知りたかっただけみたいだけど、BB弾は学校で禁止されていたから超あせった。

「でも、あそこしかないだろ。神社の境内に入らなければ大丈夫だと思う」

二人はなにかを考えるような顔をしていたけれど、忍が「確かに」とうなずくと、宇太佳も「スケボーやりたいしな」と続けた。

「よし、決まり！　とりあえず行ってみようぜ」

おれたちは、その足で花林神社に向かった。

予想通り、神社の前の通りには誰もいなかった。通りの両脇には何軒か家が立っているけれど、丁字路の先は神社になっていて行き止まりだ。車が入ってくることはまずない。

「試してみよう」

「よっしゃ」

そーっとデッキを道路に置き、左足を乗せた。右足で、ぐっ、と地面を押してみる。両足をデッキに乗せると、デッキはまっすぐきれいに滑っていった。

「すげえ、いい感じ！」

路面がなめらかで、とても走りやすい。

「穴場だな！」

「ラッキー！」

ごつごつしたアスファルトじゃなくて、コンクリート敷きの舗装路だから、ものすごく快適で滑りやすいのだ。

ふいに思いついた花林神社だったけれど、ドンピシャだった。ここはまさに超穴場だ。他のやつらは思いつかないだろう。

おれたちはチックタックしたり、なんちゃってジャンプをしたりして、思う存分スケボーをたのしんだ。チックタックというのは、前足側を左右に振りながら前進する技のことだ。

「できたっ！　マニュアルできた！」

宇太佳が大きな声を出す。マニュアルというのは、前足側を浮かせて後ろ足側だけで走行する技。

「忍もやってみろよ」

宇太佳が言うと、忍は「よしっ！」と声を張った。ほんの一メートルぐらいだったけど、マニュアルは確かにできていた。

「おおっ、すげえ！」

「やった！」

忍は三人のなかでいちばんセンスがある。はじめたのはいちばん遅かったのに、今では三人のなかでいちばん上手だ。

「やったな、忍！　おれも練習するぞ」

三人で夢中になって練習した。誰も通らないし、国道を走る車の音でスケボーの音も目立たない。みどり公園よりも家から近いし、ここは最高の練習場所だ。

「拓人、いい場所見つけたな！」

「ナイス、拓人！　サンキュー」

二人に礼を言われて、まんざらでもない気分だった。ようやく見つけたおれたちの秘密の場所。

「ジャンプ！」

「おっ、跳べてるっ！」

「拓人、いい感じじゃん！」

おれたちは三人で練習しまくった。これまでで、今日が最高にうまく滑れた気がした。どんな技でもできそうな、そんな気分。

「君たち」

突然のように降って湧いた声に、ビクッと肩が持ち上がった。慌てて振り返った宇太佳が、バランスを崩して軽く尻もちをついた。忍は、「だるまさんが転んだ」と言ってオニが振り向いたときのように固まっていた。

そこに立っていたのは、ＢＢ弾をやったときに声をかけられた、花林神社の管理人とおぼしきおじいさんだった。

三人で直立不動になった。まずい展開になったぞ。ヤバい、ヤバすぎる。

「それ、なんていうんだい？　スケート？　じゃないよねえ」

おじいさんが、にこやかな表情でたずねる。宇太佳が小さな声で、

「……スケボーです」

と返した。

「ごめんなさいっ！」

おれは謝った。とりあえず謝るべし！

「すみませんでしたっ！」

「ごめんなさい！」

忍と宇太佳も続いた。

おじいさんはにこにこと笑いながら、

「なぜ謝るんだい？　謝る必要なんてないよ」

と言った。

「たのしそうでいいじゃないか」

「あ、あの、おれたち、スケボーやるところがなくて、みどり公園も禁止されちゃって……ここなら大丈夫かなって……」

ぼそぼそと言い訳するおれを、おじいさんは笑顔で見つめている。

「みんなの名前を教えてくれるかな。ああ、たずねるより先に名乗らなくちゃいけないな。それが礼儀だ。わたしは田中です。田中喜市です」

そう言って、ぺこりとお辞儀をした。

おれたちは顔を見合わせた。考えていることは一緒だ。名前なんて教えたくない。学校にバレたらまずい！

「あ、あのっ！　学校に通報とかないですよね……？」

田中喜市と名乗ったおじいさんは一瞬きょとんとした顔をしたあと、そんなことはしないよ、と首を振った。

「なぜ学校に知らせる必要があるんだい？」

田中さんは、にこやかな笑顔のままだ。

おれたちは、また顔を見合わせた。名前ぐらい言ってもいいか……。

「……拓人です」

「……忍です」

「……宇太佳です」

順に名前を告げた。田中さんは大きくうなずいて、拓人くん、忍くん、宇太佳くん、と繰り返し、「三重奏だなあ」と言った。意味がわからない。

ぽかんとしていると、田中さんは、

「タクトは指揮棒のこと。忍は、篠笛（しのぶえ）という日本の笛がある。宇太佳は、歌。みんな音楽に関係するいい響きの名前だね」

と続けた。思いもよらなかったことを言われ、しばし固まる。忍も宇太佳も動かない。これはギャグなのだろうか。笑ったほうがいいのだろうか。まったくわからない。

三人のなかで音楽をやっているのは忍だけだ。忍はピアノが得意だ。

「何年生？」

「……六年です」

今の子はみんな体格がいいねえ、と田中さんが言う。

「それ、おもしろそうだね。どれ、ちょっと見せてくれないか」

田中さんはおれのスケボーをまじまじと見て、この台の上に乗るのかね？　と聞いた。おれは小さくうなずいた。

「これに乗れば、歩かなくてもスイスイと進めるのかね？」

この人なに言ってんだろ、と思いつつ、

「いえ、最初に片方の足で地面を蹴らないと進みません」

と、律儀に答えてあげた。

「ほっほう、そうなんだねえ。ちょっと足を乗せてみてもいいかな」

「は？」

「どんな感じなのかなあと思ってねえ」

田中さんが言う。

「えっ？　あ、あの、足は大丈夫ですか？」

田中さんは左足が悪いようで、少し引きずっている。そんな足でデッキに乗るのは無理だ。

「大丈夫、大丈夫。ただ足を乗せてみるだけだから。いいかね？」

本当はものすごくいやだったけれど、いやですとは言えず、仕方なくうなずいた。

「拓人くん、ありがとう」

田中さんは左足を重々しく持ち上げて、しずかにデッキに乗せた。

「ほおっ」

感心したような声を出す。

「これで滑るのかね。すごいもんだねえ」

と言いながら、田中さんがデッキから足を下ろそうとしたそのときだ。車輪がぐらりと動いた。

「ああっ！」

と叫んだのは、おれたちだ。

田中さんはその場で、派手にすっころんだのだった。

それからのことは、まったく思い出したくない。転んだ拍子に手を突いた田中さんは、しばらくそのまま起き上がれなかった。

「ごめんごめん。大丈夫だよ。わたしも相当もうろくしたもんだ」

そんなふうに言っていたけれど、みるみるうちに田中さんの顔色は青くなり、額からは粒の汗が噴き出てきた。

「……すまんなあ。どうやら骨をやってしまったようだ。悪いけれど、救急車を呼んでもらえんかね」

「ええっ⁉」

今度はおれたちが青くなる番だった。大変なことになった！　おれたちはおろおろと、文字通り右往左往した。

結局、忍のスマホで救急車を呼ぶことになった。動けない田中さんを、そのままにしておくわけにはいかなかったからだ。

救急車が到着するまでの間に、おれはダッシュでお母さんを呼びに家に戻った。救急車なんてはじめてのことだったし、年寄りの田中さんが目の前で苦しんでいるのに、子どもたちだけでは対応できなかった。しかもその原因は、おれのスケボーだ。

お母さんは、おれのしどろもどろの説明を聞いて、顔を般若みたいにさせた。

「この、おバカッ！」

脳天を直撃するような声でどなって、ママチャリで現場に向かった。おれももちろん一緒についていった。そのうちに救急車が到着した。

「拓人っ！　話はあとでゆっくり聞くから、家でおとなしくしてなさいよっ！」

お母さんは鬼の形相で言い放ち、担架に乗せられた田中さんと一緒に救急車に乗り込んだのだった。

田中さんの右手首は骨折していた。

ちょっと転んだだけなのに、骨折するなんてびっくりだ。だから年寄りは厄介なんだ。

当然のことながら、おれはお母さんにこっぴどく怒られた。もちろん、話を知ったお父さんにもめちゃくちゃ怒られた。

でもよく考えてみたら、なんでおれが怒られるのかわからない。べつにあの場所でスケボーをやっちゃいけないわけじゃないし、おれが自分から田中さんにデッキを貸したわけでもない。田中さんが勝手におれのデッキに足を乗せて、勝手にすっころんだのだ。おれはひとつも悪くない！

さらに最悪なことに、味方だと思っていた忍と宇太佳にまで白い目で見られたのだった。こんな大ごとになったのは拓人のせいだ、と言わんばかりだった。田中さんが現れるまではおれに感謝していたのに、見事に手のひらを返したのだった。持つべきものは、友達、……のはずなのに。

うちの母親と、忍、宇太佳の母親たちは、その日のうちに落ち合った。こういうときの母ちゃんパワーにはほんと参る。すぐに結託するんだ。母ちゃん連盟発足だ。

話し合いの結果、今回の件は一応学校に知らせることにしたらしい。とりあえず担任には、神社の前で転んだ田中さんのために、近くにいたおれたちが救急車を呼んだ、ということだけを伝えたそうだ。その点については、感謝している（いや、そもそもおれたちは悪くないんだけど！）。

スケボーのことは伏せてくれた。スケボーが原因だってわかったら、スケボー自体が禁止になってしまう可能性もある。スケボー命のおれたちから、スケボーを取り上げたらなにも残らないと思ったのかもしれない。けれど、ヘルメットとプロテクターをしていなかったことがバレて、それについてはかなり怒られた。

母ちゃん連盟は、それからなにやら相談したらしかった。田中さんは八十五歳で一人暮らし。神社の境内にある小さな家に住み、花林神社の管理人をしている。元から足が悪いうえに右手骨折となったら、日常生活に支障があるだろう。

母ちゃん連盟は、最終的にあることを決めた。

――拓人、忍、宇太佳の三人で、骨折した田中さんの身の回りの世話をすること。

「はあ⁉　どういうこと⁉　なんでおれたちが、そんなことしなくちゃならないんだよ！」

お母さんから決定事項を聞かされて、おれはいきり立った。

「田中さんが骨折した原因は、拓人のスケボーでしょ」

「田中さんが勝手に乗ったんだよ！」

「田中さん、足もお悪いし、そのうえ、右手がギプスになったら、どうやって生活していくのよ」

「そんなの知らないよ！　おれのせいじゃない！」

と叫んだところで、お母さんの顔が般若に変わった。

「……あんた、いいかげんにしなさいよ。それ以上文句言ったら、どうなるかわかってるわよね？」

すごみのあるしずかな声。ヤベえ。こうなったらおしまいだ。お母さんがこの声を出したら、万事休すなのだ。これまでの経験から想像すると、間違いなく今後の小遣いとおやつはなくなる。

「……わ、わかったよ」

おれは仕方なくうなずいた。

世の中は、小学生がなにを言っても母ちゃん連盟に勝てないようにできているのだ。おそらく忍も宇太佳も最大限に抵抗したと思うけど、最終的にはあっけなく敗退したに違いない。

というわけで、ギプスが取れるまでの間、おれたちは田中さんの日常生活の手伝いをすることになったのだった。

2

放課後、花林神社の鳥居の前で待ち合わせた。

「一体ぜんたい、なんでこんなことになったんだ……?」

宇太佳が言う。

「まったくもってありえない状況だ」

これは忍。

「……なんかごめん」

とりあえず謝った。そもそもおれは悪くないけど、なんだかそういう雰囲気だったから。自分を曲げないことも大事だけど、友達関係も大切だ。

忍と宇太佳が、しらけた目でおれを見る。二人になんて言われるか、心臓がドキドキした。

「いいってことよ」

ニヤリと笑って忍が言い、

「まあ、しょうがないよ」

と、宇太佳が続けた。

おれはほっと胸をなでおろした。持つべきものは、友達だ……！

「でもさ、きっといい経験になるはずだよ」

開き直ってそう言うと、調子に乗るなと二人に小突かれた。

「じゃあ、行くか」

忍が真っ先に鳥居をくぐって、田中さんの家の前に立った。それから、ジャンケンで負けた宇太佳がブザーを押した。

「はーい」

という声が、なかから聞こえた。

「悪いけど、開けてくれるかねえ」

ガタつく引き戸を開けると、上がりかまちに田中さんが立っていた。右腕は包帯でぐるぐる巻きになっていて、首からサポーターのようなもので吊っていた。いくらおれのせいじゃないとはいえ、その姿を見たらかなり気の毒になった。

「やあやあ、君たち。今回は本当にすまなかったねえ」

田中さんはそう言って、頭を下げた。

「はじめて見るもので、おもしろそうだなあと思ってね。ほんの出来心だったんだが、まさか転んでしまうなんてねえ」

包帯をした腕をさすりながら言う。

「親御さんたちから、うちの手伝いをしてくれると聞いたよ。そんなことをしてもらういわれはないんだが、本当に申し訳ないねえ。さあ、上がって」

おれたちは靴を脱いで、おずおずと田中さんの家に上がった。よその家の匂いがした。おかずと洗濯せっけんが混じったような匂いだ。

「狭くてごめんねえ」

田中さんの言う通り、本当に狭かった。続きの二間（ふたま）しかない。

「こたつをしまおうと思っていた矢先にけがをしてしまって、まだ片付けてないんだよ」

一間は四畳半ぐらいしかなさそうだったけれど、ものが少なくてきちんと片付いていた。

「どうぞ座って」

おれたちはこたつに座った。お正月に、父方のおじいちゃんちに遊びに行ったとき以来のこたつだ。

「リアルこたつ、はじめて見た」

忍が言う。忍の家は新築のマンションだ。すべての部屋に床暖房が装備されているらしい。

「なんだか大変なことになってしまって、すまなかったねえ。まさか骨を折るなんて思いもしなかったよ。だめだなあ、年を取ると。どこもかしこもガタがきて」

最後のほうは、ひとり言のようにつぶやいた。

「ええと、君がお母さんを呼んできてくれた拓人くんで、君が電話で救急車を呼んでくれた忍くん。君が、わたしに上着を貸してくれた宇太佳くん、だったよね。三重奏、いい名前だ」

おれたちは、ぎくしゃくとうなずいた。

田中さんがすっころんだとき、忍は電話口で落ち着いて状況を説明し、救急車を呼んでくれた。いつも冷静な忍。小柄だけど足の速さはクラスで三位以内に入る。幼稚園のときから習っているピアノはものすごくうまくて、合唱をするときは決まってピアノ奏者だ。勉強もできて、テストはたいてい満点。私立中学受験組だ。

宇太佳は三人のなかでいちばん背が高くて体格がよくて、足のサイズは二十六センチもある。救急車が来るまでの間、動けずに寒がっていた田中さんに、自分のウインドブレーカーを脱いで貸してあげた。

宇太佳は絵が超うまくて、どんなアニメキャラクターも、見ないでスラスラ描いてしまう。昆虫の絵はプロ級で、マジで生きているみたいに見える。今にも動き出すんじゃないかと思うほどだ。宇太佳はいつも穏やかで、怒っているところをあまり見たことがない。

おれ？　おれはなんの取り柄もない。四年生の春までは地域のサッカークラブに入っていたけれど、練習中に足をねんざしたのをきっかけにやめてしまった。ちょうど中学受験することを決めて塾に通いはじめた時期だったから、これもタイミングだと思えた。

兄貴が私立の中高一貫校に通っていて、自分もそこに行きたいと思っていた。兄貴の学校生活はたのしそうだったし、連れていってもらった文化祭はめちゃくちゃおもしろかった。親にも勧められて、おれはやる気になっていた。

四年生のときは、たのしく塾に通えていた。先生も好きだったし、塾で新しい友達もできた。でも五年生になって、好きだった講師の先生が他の校舎に移ってからは、勉強がおもしろくなくなってしまった。成績は伸びずに、最下位クラスに振り分けられて、落ちこぼれの烙印（らくいん）を押された。

おれのなかから「やる気」はシューシューと音を立てて消えていき、勉強になんてぜんぜん身が入らなかった。塾での授業は頭を素通りして、お母さんが作ってくれた夕飯の弁当を食べるためだけに通っているようなものだった。これじゃだめだと、自分ながらに思った。六年に進級するとき、はっきりと離脱宣言をした。

死んだような目で塾に通っていたおれに、親も納得したのか、あまりうるさく言われなかった。逆に、中学受験をあきらめたおれを哀れむような目で見ていたっけ。

だから今のおれは宙ぶらりん。なーんにもない。あるのはスケボーだけなのだ。

「あ、あの、おれたち、なにをすればいいですか?」

とりあえずたずねてみた。ぼけっとこたつに入っていても仕方ない。

田中さんは、少し考えてから、

「じゃあ、悪いけど、外の掃除をお願いしてもいいかな。おとといの大雨と強風で落ち葉がすごくてねえ」

と言った。

「ああ、その前に、拓人くん、忍くん、宇太佳くん。君たち、お参りしたかい」

田中さんに聞かれて、おれたちは首を振った。

「じゃあ、まずは手を合わせてからだね」

右腕が使えず、左足も不自由な田中さんは、靴を履くのも大変なようだった。

忍が靴べらを渡し、宇太佳は田中さんを支えた。おれは出遅れて、ぼうっとその様子を見ていただけだ。

田中さんに案内されて、手水舎で手を洗ってからお社の前に立った。

「お賽銭、持ってないです」

田中さんは笑って、そんなことは気にしなくていいんだよ、と言った。教えてもらった通りに二礼二拍手をしたあとで、田中さんは、

「拓人くん、忍くん、宇太佳くんです。手をけがしたわたしのために、お手伝いに来てくれました」

と紹介をして、頭を下げた。おれたちも同じようにした。

それから、三人でほうきとちりとりを手にして、境内の掃除に取りかかった。落ち葉が山ほどあって、ほうきとちりとりなんて必要なかった。両手で落ち葉をわさわさとゴミ袋に入れていったら、四十五リットルの袋はすぐにいっぱいになった。枝や松ぼっくりもたくさん落ちていた。

「わっ、すげえ！」

宇太佳の声がして、何事かと思って近くに行ってみた。

「拓人、これ見て」

宇太佳が指し示したところには、セミの抜け殻が二つあった。神社の由来が書いてある立て看板の裏だ。この時期にセミの抜け殻があるなんてめずらしい。

「去年のだよな」

宇太佳が顔をほころばせる。

「だろうな。取らないの？」

「せっかく長い間ここにあったんだから、このままでいいや」

宇太佳はセミの抜け殻に「がんばれよ」と声をかけて、立て看板付近の落ち葉を両手で抱えて、ドサッとゴミ袋に入れた。

参道には、桜の花びらがたくさん散らばっていた。忍がほうきで掃いている。ちょっと前にお母さんが、桜がきれいな季節ねえ、なんて言っていたけど、興味がなかったからスルーしてた。この神社にも桜が咲いてたんだなと、今さらながらに思ったりする。

山になっていた落ち葉を片付け終えたおれは、本殿の隅や賽銭箱のまわりに落ちていた松の葉をほうきで掃いていった。これも大量だ。

三人で集めた落ち葉は、あっという間に市指定のゴミ袋六つ分になった。

「おお、おお、すごくきれいにしてくれたねえ。すばらしいねえ」

田中さんが大きな声で言う。

「たった三十分でこんなにきれいになるなんて。君たちは本当にすごいなあ。わたしがやったら一日がかりの大仕事だよ」

え？　まだたった三十分しかたってないの？　驚いた。もう二時間ぐらいやった気がしていた。忍も宇太佳もキツネにつままれたような顔をしている。

「まだ残ってるから、あと三十分やります」

忍が言い、おれも宇太佳もうなずいた。せっせと手を動かしていったら、境内は見違えるほどきれいになった。ゴミ袋は全部で八つになった。

田中さんはとても喜んでくれ、

「ご苦労様だったね。すばらしいねえ」

と、心底感心したように何度も言った。

「疲れただろう。ほら、早く上がって」

田中さんに促されて、おれたちは田中さんの家に入った。

汗だくだった。田中さんが冷蔵庫から二リットルサイズのコーラを取り出す。熱いお茶だったらアウトだった。田中さん、年寄りなのに気が利く。うちのお母さんだったら、麦茶だった。田中さん、ナイスだ。

「あっ」

田中さんが短い声をあげたと同時に、コーラのボトルが田中さんの手からすべり落ちた。

ごいん、ごいん、ごい〜ん。

二リットルのペットボトルが転がる。すぐにかけ寄って拾ったのは宇太佳だ。

「ああ、宇太佳くん、すまないねえ。左手だとどうも加減がわからなくて」

忍がすっと立ち上がった。

「コップどこですか？　おれがやります」

おれもつられて立ち上がったけれど、なにをしていいかわからない。あ、氷だ、氷。

「氷どこですか」

はりきってたずねた。

「拓人くん、ごめんねえ。今、氷の用意がないんだよ。今度から作っておくね」

田中さんが申し訳なさそうに謝る。

「いや、いえいえ！　氷なんてぜんぜんいらないです！　氷なんて入れたら、コーラが薄くなっちゃっておいしくないですから！　氷なんてこの世にいらないですよ！」

あせってへんなことを口走ったおれを、忍と宇太佳が笑いをこらえた顔で見ている。

「あとはおれたちがやりますから、田中さんは座っててください」

名誉挽回(ばんかい)で、笑顔を作った。

「どうもありがとう。それじゃあ、遠慮なく」

田中さんはそう言って、こたつに入った。こたつの電源は切れていたけれど、この時期にこたつの存在は暑苦しかった。肉体労働をしたあとに見ると、なおさらだ。

「そこにお菓子もあるから、一緒に持ってきてくれるかな」

レジ袋があったのでなかをのぞいてみると、チョコレートやスナック菓子が入っていた。へんなまんじゅうとかせんべいじゃなくてよかった。やっぱりナイスだ、田中さん。なかなかやるじゃないか。

こたつの上に、コーラとコップとお菓子を用意する。

「わたしはいいから、みんなで適当に食べたり飲んだりしてちょうだい」

田中さんが言い、おれはうなずいてコーラのペットボトルのキャップを開けた。

プシュ――――ッ!

一瞬であたりがまっしろになった。おれの頭のなかもまっしろになる。

「うわあっ！　拓人っ、なにやってんだよ！」

忍が叫ぶ。

「マジかよっ！」

宇太佳も叫ぶ。

「おお……」

田中さんのつぶやきが聞こえた。

見れば田中さんの顔はコーラまみれだった。

「ひゃあっ！　す、すみませんっ！　タ、タオル、タオル！」

慌てふためいて立ち上がろうとしたら、こたつ布団に足が引っかかった。その
まま前につんのめって、思い切り顔面を床に打ちつけた。

「……いってえ」

「ぶわっはっは、拓人、なにやってんだよう！」

忍と宇太佳が、こらえきれずに爆笑する。立とうとしたら、二人が同時に、

「ああっ！」

と、声をあげた。

「鼻血っ！　拓人、鼻血が出てるぞ！」

「え?」

手の甲で鼻を拭ってみると、血が付いていた。

「拓人くん、大丈夫? そこにちり紙があるから」

田中さんが言い、宇太佳がティッシュ箱を持ってきてくれた。

「そのまましばらく上を向いて、横になっていたほうがいいよ」

田中さんに言われ、おれはその場に横たわって、丸めたティッシュを鼻に詰めた。

アホか、おれ……。一体なにやってんだ……。

「すまんが、誰かタオルを取ってくれんかねえ。そこの戸棚に入っているから」

コーラまみれの田中さんが言う。

「拓人はいいから」

動こうとしたら忍に言われ、おれはじっと寝転んだままの姿勢で天井を見上げた。なにをやっているのだろうか。まぬけすぎる……。

目線の先をぼんやりと眺める。天井には、へんなしみが広がっていた。カンガルーみたいな形だ。いや、違うな。柳の木かな? いやいや、違う。人っぽい? 髪の長い女? なんだか幽霊っぽい……?

ちょっとだけ怖くなったおれは、べつの場所に視線をうつした。台所のほうの天井には、大きな花びらみたいな模様がある。その隣は、うさぎみたいな形のしみだ。

見渡してみると、天井の至るところにたくさんのしみがあった。雨漏りだろうか。よく見れば柱も壁もぼろぼろだった。ものすごく古い家なのだ。

「あーあ、田中さんの服、ベタベタだ」

宇太佳の声。

「タオルぬらして拭いたほうがいいな」

忍の声。

おれはいてもたってもいられなくなって、起き上がった。鼻血は止まったようだった。新しいティッシュを丸めて、鼻に詰め直した。

「大丈夫かい？」

田中さんが心配そうに聞いてくる。

「ぜんっぜん大丈夫です！」

と、おれは敬礼で返した。手伝いに来たのに、いつまでも寝ているわけにはいかない。

ぬらして絞ったタオルを忍が持ってきて、田中さんは使えるほうの左手で、自分の顔と首を拭いた。とてもやりにくそうだ。

「やっぱり着替えたほうがいいですよ」

忍が言う。そうだねえ、と答えつつ、田中さんは困り顔だ。ギプスを着けたぐるぐる巻きの右腕では、着替えることさえむずかしい。

「手伝います」

宇太佳が言い、おれも忍もうなずいた。三人で、腕を吊るために首にかけているサポーターを慎重に外して、田中さんが着ているジャージを脱がせた。

「脱ぐときはけがをしていない側から。反対に、着るときはけがをしているほうからね」

宇太佳が教えてくれる。なるほど、確かにけがをしているほうから脱ぐと窮屈で脱ぎづらいし、着るときはけがをしているほうからじゃないと、ゆとりがないから着られない。宇太佳の家にはひいおばあちゃんがいるから、介護のことをいろいろと知っているのかもしれない。

三人で協力して、ジャージの下に着ていたトレーナーも慎重に脱がせた。それから、新しい服を順番に着させてあげた。

「ありがとう。一人だとなかなかむずかしくてね」

田中さんが言う。

「洗濯物はどこにおきますか?」

おれのせいでベトベトにしてしまった服を手にして、聞いてみた。

「お風呂場の横にカゴがあるから、そこに入れてくれるかな」

「了解ですっ!」

汚名返上とばかりに元気よく返事をしたら、鼻に詰めていたティッシュがスポッと抜けて勢いよく吹っ飛び、田中さんのおでこにビシッと命中した。

「うわあああっ!　ごめんなさいっ!」

慌てて拾いに行く。

「ぶっ」

宇太佳が、噴き出した。

「ぶはっ」

続けて忍も噴き出す。

「ぶわっはっ!　拓人、お前一体なにやってんだよう!」

「ほんとだよ!　コーラを田中さんにぶちまけて、派手にすっころんで鼻血出して、今度は鼻に詰めてたティッシュを田中さんのおでこに当ててるなんてよう！　わけわかんねえ！　拓人は一体何者なんだよ！　あっはっはっはー！　超笑える！」

二人が腹を抱えて笑い出した。

「……笑うなよ」

と言いつつ、おれもおかしかった。鼻に詰めたティッシュが飛んでいくとき、おれの目にはスローモーションみたいにゆっくりと見えた。先っぽが赤く染まった丸まったティッシュが、微妙な弧を描いて飛んでいき、田中さんの額にピンポイントで当たったのだ。

ふっ、と思わず声がもれたら、もっとおかしくなって、そうなったらもうおかしくておかしくてたまらなくて、おれも声をあげて爆笑してしまった。

「ひーっ、ほんと拓人、一体なんなんだよ！　涙出てきた！　腹いてえ！」

「助けてー！　おしっこちびりそうだ！」

「命中しすぎだよ！」

おれたちが転げ回って笑っている姿を見て、田中さんもつられたのか、愉快そうに笑った。

息ができないかと思うくらいさんざん笑い、喉が渇いたからコーラを飲もうとしたけれど、ペットボトルには半分も残ってなくて、それを見てまた大爆笑となった。

ようやく笑いがおさまってから、おれたちは汚してしまったこたつ回りをきれいに掃除した。それから炭酸が抜けたコーラを三人でちょっとずつ飲んで、田中さんが買っておいてくれたお菓子を食べた。

そうこうしているうちに、六時の時報が鳴った。

「もうこんな時間だ。ほらほら、早く帰りなさい。家族のみんなが心配してるよ」

四月のこの時期の門限は六時半だから、まだ大丈夫だったけれど、田中さんに言われておれたちは腰を上げた。田中さんも一緒に外に出てきてくれた。

外はすっかり夕方の色だった。西の空だけが、かすかにオレンジ色を残している。

「逢魔(おうま)が時(とき)は、魔物が出やすいからね」

田中さんの言葉におれたちは、顔を見合わせた。

「おうまがとき?　なんですか、それ」

「黄昏時のことだよ。夕暮れ時ね。昼と夜の境目は魔物が出やすいんだよ」

おれはぎょっとして田中さんの顔を見た。こええ、と宇太佳が言い、忍はフッ、と鼻で笑った。

「今日はどうもありがとう。境内がきれいになって本当によかったよ」

田中さんが言う。

「いろいろとすみませんでした」

おれは頭を下げた。

「また来ます」

宇太佳が言った。そう、田中さんのギプスが取れるまでは、毎日通わなくてはいけないのだ。

「どうもありがとう。気を付けてね」

おれたちはうなずいて、それぞれの自転車にまたがった。田中さんは、おれたちが角を曲がるまでずっと手を振ってくれた。

三人でゆっくりとペダルをこぎながら、今日の感想を言い合った。

「けっこう疲れたなあ」

「掃除なんてひさしぶりにやったよ」

「着替えも大変だったな」

「うん、田中さん一人じゃ無理だよね」

「それにしても、拓人には笑わせてもらったよ」

忍に言われ、また思い出して三人で笑った。でもおれはひそかに反省していた。どんだけドジなんだと、我ながらおそろしい。

「おれ、明日は塾だから行けないわ」

忍は週の半分以上、塾に通っている。

「あっ、おれも明日は書道教室だ！」

宇太佳が言う。

「一人で行くから大丈夫」

おれは放課後、なんの予定もない。塾をやめたからといって、今さらサッカークラブに戻るなんてできやしない。

「じゃあな」

「また明日」

「バイバイ」

手を振って、二人と別れた。

立ちこぎをしてスピードを上げた。あっという間にすっかり日が落ちて、空は夜のはじまりの色だ。

どこかでカラスがカーと鳴いた。頭のなかに、さっきまでいた田中さんの家が浮かんだ。古くて小さな家。どこもかしこもガタついていて、台風でも来たら壊れそうだった。出しっ放しになっていたこたつ。天井のしみ。

服を脱いだ田中さんの背中はやせていて、下着を着ていても骨の形がくっきりとわかった。なんだか胸のあたりがしんとする。どこかで、カラスがまたカーと鳴いた。

3

「先生！　ちょっといいですか！」

翌朝のホームルーム。小野田が突然手をあげた。小野田は、クラス委員の真面目女子だ。体格がよくて、体重も身長もクラスでトップを争う。

「はい、どうぞ」

担任のトランクスが、小野田を指す。

トランクスというのは、おれたちがこっそりと陰で呼んでいる先生のあだ名で、トランクスといっても、パンツのことではない。ドラゴンボールシリーズに出てくる、トランクスというキャラクターの髪形にそっくりだからだ。真ん中ぱっくり分けのぼっちゃん刈りヘア。

「スケボーのことなんですけど」

小野田が言い、おれはハッとして小野田を見た。忍と宇太佳も、同じように反応したのがわかった。

「このあいだ、うちのおばあちゃんが買い物に行こうとして歩道を歩いていたら、スケボーに乗った男子が後ろから来ておばあちゃんにぶつかって、おばあちゃんは転んでしまいました。大きなけがはなかったんですけど、腰を打ってしまい、痛い痛いと言ってました。その男子は謝りもせずにスケボーに乗って、そのまま行ってしまったそうです。スケボーは危険だと思います。歩道で乗るなんてルール違反です」

歩道でスケボーをしたことなんて、これまで一度もない。おれには関係のない話だ。

「その男子、うちの学校の六年生だと思います。このクラスの人だったら、名乗り出てほしいです！」

クラス中がしずまり返る。

「小野田さん」

手をあげたのは忍だ。うちのクラス、六年二組は、発言するときは必ず手をあげるという決まりがある。トランクスが決めた。忍の手のあげ方は、ちょっとかっこいい。右手の人さし指だけ立たせて、他の指はさりげなく折りたたんでいる。

「それって、本当にスケボーだったんですか？　ブレイブボードじゃないんですか？」

このあたりではブレイブボード人口のほうが、はるかに多い。

「弟がブレイブボードを持っているので、それを見せて、おばあちゃんにちゃんと確認しました。ブレイブボードではなくて、スケートボードだったそうです」

あごを持ち上げるようにして、小野田が言う。忍も負けじとあごを上げた。

「この学校の六年生男子っていう、証拠はあるんですか？」

六年生は二クラスしかなくて、人数もそれぞれ二十四人ずつだから、スケボーをやっている男子は限られる。うちのクラスでスケボーをやっているのは、おれたち三人ぐらいだ。

「こないだ学校で配られたストラップ。あれがリュックについていたと、おばあちゃんが言っていました」

一瞬の間のあと、クラスは大きなざわめきに包まれた。

「あんなストラップ！　つけてるやつなんているわけないだろっ」

忍が苦々しい顔で言い放ち、ほとんどのクラスメイトが、もっともだというふうにうなずいた。

小野田が言っているのは、この間の「性の授業」で配られたちょろいストラップのことだ。ハートマークの形をした、でかいビニール製のストラップで、見るからに安っぽい。ハートの半分は水色、半分はピンクで、おそらく男女を色分けしていると見てとれた。うちの学校独自のものらしい。超くだらない。金の無駄遣いだ。

おれはソッコーで捨てた。あんなキモいストラップ、一体誰が使うってんだ。

「おばあちゃんが、見たって言ってました」

「小野田さんが直接見たわけじゃないよね？　だって、なんで小野田さんのおばあちゃんが、あのストラップのことを知ってるわけ？」

忍の言葉に、小野田は顔を真っ赤にして反論した。

「わたしがランドセルにつけているからよ！　わたしのランドセルについているストラップと同じものだから、おばあちゃんは、この学校の六年生の生徒だってすぐにわかったのよ！」

小野田が自分のランドセルをみんなに見せるようにして、ストラップの存在をアピールした。

「……うへえ」

忍は大げさに顔をしかめて、うんざりしたように着席した。

あのストラップをつけてるやつがいるなんて、信じられない。この世の終わりだ。デザインもさることながら、「性の授業」で配られたものを、堂々とつけていること自体、ありえない。

「はいっ、しずかにー」

トランクスが手を叩く。

「小野田さん、おばあさんの腰は大丈夫ですか」

トランクスの言葉に、小野田が今はもう大丈夫です、と答える。

「スケボーの苦情は、実はけっこうあります。一般道路でのスケートボードは禁止です。歩道なんてもってのほか。決められた場所でルールを守って、危険のないように遊んでください。いいですね」

小野田が一人、大きくうなずいている。

決められた場所ってどこだ？　スケボーをやる場所がないから、困ってるんじゃないか。

「もしこのクラスのなかで、今の小野田さんの話に心当たりがある人は、名乗り出てください。みんなの前では言いづらいと思うので、先生が一人のときでもいいからな。うそをつくと、自分の心が傷つくぞ。先生はみんなに傷ついてほしくないんだ」

トランクスが芝居がかった口調でまとめる。なんだかイライラしてきた。正義派ぶって手をあげた小野田も、いいことを言ってやったと言わんばかりのトランクスにも。そもそも、このクラスのなかに犯人がいるみたいな言い方はやめてほしい。

最近、意味もなくイライラすることが増えてきた。ささいなことでも、すぐにムカついてしまう。これが、いわゆる思春期ってやつだろうか。例のあの、性の授業で説明されたやつ。

結局、そのままの流れで一時間目の国語の授業がはじまった。国語は苦手だ。

文章を読むのが面倒くさいし、登場人物がなにを考えているかなんて知ったこっちゃない。

窓から気持ちのいい風が入ってくる。窓際の席は、少し得している気分だ。四階の窓からは、小さな町全体が見渡せる。

ふと思い立って、花林神社をさがした。ええっと、あそこが国道でスーパーがあって、あっ、あそこ！　緑の木が集まってるところ。きっとあそこが花林神社だろう。

田中さん、今頃どうしているだろうと思う。お母さんたちが相談して、田中さんのためにお昼のお弁当サービスを申し込んだって言っていたけれど、左手だけでちゃんと食べられるだろうか。

「どこ見てるんだ？」

トランクスが目の前にいた。ヤベえ、まったく気が付かなかった。

「外にタイプの子でもいたか？」

どっ、と笑い声が起こる。タイプってなんだよ、気持ち悪い。大昔のセンスだ。

「集中しろよ」

机をコンコンとやられ、おれはおもしろくない気分で嫌々うなずいた。

「じゃあ、悪いな」

忍はそう言って、ひと足先に帰っていった。六時間授業だと、塾の時間ギリギリになってしまうらしい。

宇太佳は書道教室の時間まではまだ余裕があるので、一緒に帰った。

「スケボーやりたいなあ」

宇太佳が遠くの空を見て言う。

「ごめん」

思わず謝った。田中さんの腕が治るまでは、親たちからスケボー禁止令が出されている。

「そういう意味で言ったんじゃないよ」

宇太佳が笑いながら、おれの肩を小突く。

「今日の小野田の話、本当かなあ。うちのクラスでスケボーやってるのって、おれたちぐらいだろ？　それと、一組の連中が何人か」

「うん、小野田の話はうそっぽいよな。男子があんなストラップつけるか？　ハート形だぜ？　しかも、あのヤバい授業で配られたやつだぜ？　ありえなくない？」

おれの言葉に、宇太佳が深くうなずく。男と女のからだの違い。精子と卵子。思春期。イライラ。大人の途中。ばかみたいだ。

「田中さんち、今日一人で大丈夫？」

「うん、大丈夫。なんとかやってくるわ」

「頼んだ、拓人」

「任せとけって」

おれは胸を叩いてみせたけど、内心は緊張していた。田中さんと二人きりで一体なにを話せばいいのだろう、と。

「拓人。田中さんのところに行くんでしょ。これ持っていって」

帰宅早々、お母さんがタッパーを差し出してきた。

「なにこれ」

「煮物よ。あんた、お米ぐらい研げるでしょうね？　前に教えたわよね。自分からどんどんやってあげなさいよ」

黙っていたら、わかったわね？　と念押ししてきた。

「いちいちうるさいな」

「なに？　なんですって？　もう一回言ってみて」

お母さんが眉間にしわを寄せて迫ってきたので、なんでもない、と言って、タッパーを受け取った。

「拓人、よろしくね。しっかり頼んだわよ」

「ハイハイ」

「ハイ、は一回！」

「……ハイよ」

「よ、はいらないでしょ」

ああ、うるさい。なんだってこう、どうでもいいことを、しつこく言ってくるんだろうか。母親っていうのは、ガミガミ言わないと気が済まない生き物だ。

タッパーを自転車のカゴに入れて、おれは田中さんの家に向かった。


「拓人くーん」

田中さんは鳥居のところに立っていた。もしかして、おれを待っていてくれたのだろうか。自転車を止めて、こんにちはと頭を下げる。

「来てくれてありがとうねえ。忍くんと宇太佳くんは、今日は来ないのかな」

「はい、二人は習い事があって、今日はおれ一人です」

田中さんは、そうかそうかとうなずいて、上がってちょうだいと言った。

「境内の掃除は？」

「昨日やってくれたから今日は大丈夫。さあさあ」

田中さんに押されるようにして、家のなかに入った。

「あ、あの、これ。お母さんが田中さんに持っていけって。煮物だそうです」

タッパーを渡すと、田中さんはものすごく恐縮して、何度もお礼を言った。

「煮物は大好きだよ。夕食にさっそく頂くよ。お母さんにくれぐれもよろしく伝えてね」

煮物が苦手なおれは、小さくうなずいた。

「拓人くん、立っていないで座ってちょうだい。今日はちょっと冷えるかね。寒の戻りかな」

「ええっと、あの、今日はなにをしたらいいですか。なにか指示を出してもらったほうがやりやすいです」

田中さんは少し驚いた顔をして、それから、

「ああ、そんなふうに思わせてしまってごめんね」

と、申し訳なさそうに言った。

「来てくれるだけでうれしいんだけどねえ」

ひとり言のようにつぶやく。

「あの、夕飯のご飯炊きますか？」

米を水道水でざくざく洗えばいいだけだと思って、聞いてみた。

「いや、夕飯はいいんだ。お昼のお弁当のご飯が多くてね。まだ半分残ってるから、それを夜に食べようと思って」

「そうですか……」

他になにか、手伝えることはあるだろうか。

「あっ、お風呂はどうしてるんですか？」

田中さん一人では、とても無理だろうと思って聞いてみた。

「治療している間は、身体を拭くだけでいいかなあって思ってね。汗もかかないし。もう年寄りだからね」

風呂ってそんなに長い間入らなくてもいいんだ？　いくら汗をかかないからって、汚いんじゃないだろうか。そう思ったけれど口に出すのはためらわれて、黙っていた。

そして、それならなおさら、昨日コーラをかけてしまったことが申し訳なくて、胸のうちですみませんでしたと謝る。

「冷蔵庫にジュースが入っているから、好きなときに飲んでね。炭酸は入ってないから、落としても大丈夫」

田中さんが笑う。

「昨日は愉快だったねえ。鼻血は大丈夫だったかい？」

「はい、大丈夫です」

「学校はどうだい？　たのしいかい？」

「まあまあです」

「担任の先生は男性かね、女性かね」

「男です」

「拓人くんの好きな科目はなんだい？」

「算数と体育です」

「ほお、すごいね。文武両道だ。今日の給食はなに食べたの？」

「きゅ、給食ですか……」

どんな質問だよ？　と心のなかでツッコミながら、今日のメニューを思い出す。

「ええっと、へんな肉とへんな野菜を炒めたやつと、春雨スープと、わかめごはんと、イチゴゼリーでした」

「ほっほう、おいしそうだねえ」

田中さんはにこにこと笑っている。

「拓人くんの学校の話や、友達の話をいっぱい聞きたいなあ」

「今日の仕事はそれですか？」

そう聞くと、田中さんは目を丸くして、小さく首を振った。

「いやいや、仕事だなんて、そんなそんな……。拓人くん、大変だったら無理して来なくてもいいんだよ。こんなじいさんと一緒にいたって、なにもおもしろくないだろうし。拓人くんたちのお母さんがいろいろ気を遣ってくれて、わたしは心から感謝しているよ。どうもありがとう」

今の田中さんの言葉はどういう意味だろう？　帰っていいのかな？　帰ったほうがいいのかな？　もしかして、もう来なくてもいいのかな？

そう思って、ちょっとうれしくなったけど、田中さんはさみしそうな顔をしていた。なんだかわからないけど、申し訳ない気持ちになる。

「あ、あの！　今日の朝、小野田っていう女子がスケボーのことで文句言ってきて、ムカつきました」

田中さんはこっちを見て、

「ああ、あの、こないだの車輪の付いた板のことだね」

と言い、おれはうなずいた。

「スケボー、このあたりでやる場所がないんです。みんな禁止されちゃって」

小野田のおばあちゃんが転んだことは、言わなかった。状況は違うけど、田中さんも転んだわけだし。

「そうなのか。それは残念だね。遊べる場所がないとつまらないよねえ」

「スケボーを専門にできる場所もあるんですけど、ここから一時間以上電車に乗らないといけないんです。電車賃もかかるし、遠いから行ったことないんですけど」

田中さんは、真剣な表情でうなずいた。

おれは、これまでにあったスケボーにまつわる悲劇を話した。禁止された広場や公園の数々。学校に入った苦情の数々。

「似たようなものでブレイブボードっていうのがあるんですけど、そっちはやってる人数が多いんです。低学年の子もやってるし。そしたら市のスポーツ会館が、使っていない駐車場を貸してくれることになって、そこをブレイブボード専用の遊び場にしたんです。でも、スケボーはやっちゃいけないんです」

「どうして、そのブレなんとかというのはよくて、拓人くんたちのスケボはいけないんだい？」

田中さんが、スケボーのことをスケボと言うのがおかしかった。スケべみたいじゃないか。とりあえずスルー。

「スケボーは、邪魔なんだと思います」

「なぜ邪魔になるんだ？　よくわからないな」

「おれだって、よくわからないです。ほんと、いやになる」

おかしな話だなあ、と田中さんは首をかしげた。本当におかしな話だ。思い出したら、またムカついてきた。同じ市民なのに、ブレイブボードはよくてスケボーだけ禁止なんて、どう考えてもへんだ。

田中さんに断って、おれは冷蔵庫からオレンジジュースを持ってきた。田中さんは？　とたずねると、お茶がいいと言うので、急須にお茶っ葉を入れてポットからお湯を注いだ。

「拓人くんがいれてくれたお茶はおいしいねえ」

田中さんがうれしそうに湯飲みに口をつける。

「今日チクった小野田って女子は、すごく真面目なんです。冗談がまったく通じない。いつも男子を目の敵(かたき)にして、すぐにトランクスに報告する。ちょっとふざけただけで、すぐにチクるんだ。あ、トランクスっていうのは、担任のあだ名です。トランクスって、パンツの形のことじゃないですよ。トランクスっていう、マンガのキャラクターに先生の髪形が似てるから、トランクス」

「ほほう。学校では、いろいろなことがあるんだねえ。忍くんと宇太佳くんも同じクラスかい？」

同じです、とおれはうなずいた。

「今日、忍は塾で、宇太佳は書道教室に行ってます」

「ほう、習い事なんてすてきだねえ」

「宇太佳はスイミングクラブにも通ってます。一年生のときから習ってて、バタフライもできるんです」

「へえ、それはすごいね。拓人くんは、習い事はしていないのかい？」

「してないです」

と答え、話の流れから、サッカーをやめたこと、塾とともに中学受験もやめたことなどをつらつらと話した。

「ほう、そうなんだねえ」

田中さんはところどころで感心したり、神妙にうなずいたりしながら、おれの話を真剣に聞いてくれた。

なぜかおれの口からは、魔法のようにべらべらと言葉が出てきた。もしかしたら、田中さんは聞き上手なのかもしれない。オチのないつまらない話を、相づちを打ちながら、ずっと聞いてくれた。

親に話をすると、必ず、ああしたらいい、こうしたらいいと、すぐに余計なお世話的な結論を持ち出すけど、田中さんはただじっと耳を傾けてくれて、なにも言わずにうなずいてくれる。おれには、それがとてもありがたかった。がんばれ、とか、やり直せる、とか、そういう口先だけのことも言わなかった。

「すみません。なんか、一人でいっぱいしゃべっちゃいました」

「たくさん話してくれて、どうもありがとうね。とてもうれしいよ。ほら、あそこにポテトチップスがあるから」

やった、とおれは言って、買い物袋からポテチを取り出してこたつの上に広げた。

「おいしいかい？」

「めっちゃ、おいしいです。田中さんも食べたほうがいいですよ」

田中さんは、そうかい？　と言って、ポテトチップスを一枚取って、そっと口に入れた。パリパリと小気味よい音がする。

「はじめて食べたけど、おいしいね。若い人は好きだろうね」

「お菓子とかジュースとか、田中さんが買ってきてくれたんですか」

田中さんは自分で飲んだり食べたりしないのに、おれたちのために用意してくれたのだろうか。手をけがしていて、足も不自由なのに。

「ほら、すぐそこに雑貨屋さんがあるでしょ。運動不足になってしまうから、それぐらいは歩かなくちゃね」

おれたちがスケボーをやった通りにある、古くて小さな店のことだ。ちょっとしたお菓子やジュース、小麦粉やトイレットペーパー、洗剤なんかを売っている。

買い物はたいていコンビニかスーパーだから、今まで行ったことなかった。ポテチの賞味期限、大丈夫かなあ、と急に不安になって表示を見てみたけど、ちゃんと賞味期限内のものだった。

おれは、それからも自分のことや学校のことをしゃべった。毎日学校に行って授業を受けて給食を食べて、家に帰ってテレビを見たりする、ごく当たり前のつまらない日常。けれど、話すことはたくさんあった。

忍のこと、宇太佳のこと、クラスメイトのこと、トランクスのこと、授業のこと、親のこと、兄貴のこと。

田中さんはそのいちいちに相づちを打って、おれから目を離さずに聞いてくれた。やっぱり田中さんは聞き上手だ。

そうこうしているうちに、六時の時報が鳴った。

「おお、もうこんな時間だ。お母さんが心配するよ」

本当はまだ田中さんの家にいたかったけれど、田中さんがせかすので、帰ることにした。

「ごちそうさまでした。たのしかったです」

「わたしもとてもたのしかったよ。どうもありがとう」

空は、薄闇が群青(ぐんじょう)色に溶け出していくところだった。

「逢魔が時でしたっけ」

「そうそう。魔物たちの時間になるから、早く帰りなさい」

おれはサドルに尻を乗せた。

「明日も来ていいですか」

「もちろんだよ。いつでも来てね」

田中さんは、鳥居のところで、いつまでも手を振ってくれた。見送らなくていいから、早く家のなかに入ってほしかった。逢魔が時。魔物が出てきたら大変だ。どうかどうか、魔物たちが田中さんに悪さをしないようにと、おれは心のなかで祈りながらペダルをこいだ。

次の日もその次の日もそれからも、おれは田中さんの家に通った。忍と宇太佳が行けない日も、おれは一人で出かけていった。どういうわけか、ぜんぜんいやじゃなかった。

日曜日はお役御免日だったけれど、特に用事のないおれは、休みの日も田中さんの家に一人で遊びに行った。どうでもいい話をして、ちょっとした手伝いをして帰る。ほんの数時間だったけれど、なんだか気持ちが明るくなった。

田中さんといると、ちょっと前の自分に戻れるような気がするのだった。朝起きて学校に行って、友達と遊んでご飯を食べて寝る。そんな当たり前のことを、なにも考えずにたのしめたとき。素直で明るくていい子だったおれ。

今のおれは、少しややこしい。イライラしたり、後悔したり、ムカついたり。物事はそう簡単ではないのだということに気付いてしまった。なにより、自分が自分を持てあましていて面倒くさいんだ、本当に。

田中さんといると、まだまだ自分も捨てたものじゃないかも、と思える。忍も宇太佳も、田中さんの前だと昔の二人に戻ったみたいに思う。

転がって遊んで、それが全部だったとき。あの頃から、まだ二、三年しかたっていないのに、おれたちはずいぶんと変わってしまった。なーんて、そんなふうにしみじみと思ったりするのだ。

4

「明日、大丈夫？」

忍と宇太佳にたずねると、二人とも親指をグッと立てた。

明日からゴールデンウイークだ。カレンダー通りなので途中三日間は学校に行かなくちゃいけないけれど、五月五日は花林神社のお祭りがある。

お祭りは自治会の人たちが中心になって支度をするから、田中さんが動くことはあまりないそうだけれど、田中さんの家に自治会の人たちが集まるらしいのだ。

ということで、おれたちは田中さんちの大掃除を企画した。とりあえず明日は、こたつを片付ける。そしてそのあとは、田中さんにお風呂に入ってもらう。

汗もかかないし、年寄りだから入らなくてもいいと田中さんは言っていたけれど、年寄りだって汗はかくし、風呂にだって入ったほうが気持ちいいに決まっている。せっかくのお祭りなんだから、体もきれいになってほしい。

お母さんにそのことを伝えたら、わざとらしく目を丸くして、

「あらー！」

と声をあげた。

「あなたたちが、そんなことを計画したなんて驚きだわ」

「べつにさ、おれはどっちでもいいんだけど、忍と宇太佳がどうしてもって言うからさ……」

しかめっ面で言ったら、お母さんはまた「あらー！」と、甲高い声を出して、

「そうなのねえ。それはそれは大変ねえ」

と、ニヤニヤしながら言った。

「明日、雪でも降らないといいけどね」

「……うるさいなあ」

「あはは、ごめんごめん。じゃあ、明日はみんなの分のお弁当作ってあげるわ」

お母さんはたいそう機嫌がよく、鼻歌まで歌い出した。田中さんの手伝いを自ら進んでやるようになったことがうれしいらしい。

「掃除用具も用意しとくから、持っていってね」

そう言って、聞いてもいないのに掃除の仕方まで細かく教えてくれた。お母さんの思うつぼになった気がしないでもないけど、まあいいか。おれもかなりやる気になっている。

朝、太陽の光が降りそそいでいるのを目にして、小さくガッツポーズをした。今日はうってつけの、洗濯、掃除、入浴日和だ。

「おーい、拓人くん、忍くん、宇太佳くん」

朝九時。鳥居のところで田中さんが手を振っている。田中さんはいつも外で待っていてくれる。暑い日も、肌寒い日も、雨の日も、風の強い日も。

「おはようございますっ」

三人で声をそろえてあいさつをした。

「お休みなのにどうもありがとうねえ」

いつものにこにこ笑顔。おれたちは賽銭箱に十円ずつ入れて、手を合わせた。今日のミッションが成功しますように、と祈る。十円じゃ安いけど、神さまよろしくお願いします、って。

「今日は午前中にこたつを片付けて、家のなかの大掃除をします。午後からは田中さんにお風呂に入ってもらいます」

忍が宣言すると、田中さんは口をすぼめるようにして、ほっほう、と声を出した。

まずは、こたつの片付けに取りかかる。こたつ布団のカバーを外して、薄い敷物と一緒に洗濯機に放り込んだ。重たいこたつ布団は、三人がかりで外の物干しざおに干した。落ちていた木の枝を布団叩き代わりにして叩いたら、ぼふぼふと埃が舞った。

裸になったこたつの本体を折りたたんで押し入れにしまうと、部屋はだいぶすっきりした。これで、こたつ布団につまずいて転ぶこともない。

「ところで、ここって田中さんちですか？　借りてるんですか？」

いきなりそんな質問をしたのは、忍だ。田中さんが住んでいるんだから、当然田中さんの家だろうと思うけど、確かに神社の境内にあるというのは変わってる。

「ここは自治会の持ち物なんだよ」

田中さんが部屋をゆっくりと見回す。

「そうなんですか？」

ということは、地域の人たちのもの、ということだろうか。

「田中さんはいつから住んでるんですか？」

興味深そうに、忍がたずねた。

「もう六十年以上かなあ。一度、手は入れたけどね」

「六十年⁉　すごくない？」

宇太佳が言う。

「失礼ですけど、田中さんって独身ですか？」

忍はたまに大人みたいな口調で言うから、こっちが面食らってしまう。田中さんは、あはは、と笑って、

「そうだよ、独身だよ」

と、うなずいた。

「地元はどこですか？」

「ここだよ。生まれも育ちも」

「田中さんって、神社関係の人ですか？」

「いいや、ただの管理人。宮司さんは、祭事のときだけ来てくれることになってるよ」

「そうなんですか。えっと、じゃあ、田中さんはなんでここに住んでるんですか？」

忍の率直すぎる質問の数々に、おれは「……おい」と忍の肘を突いた。

「あ、ああ、すみません。なんかいろいろ気になっちゃって」

忍はそう言いながらも、

「いや、でもやっぱり気になります。どうしてですか？　ずっとここに一人でいるんですか？　なんで？　どうして？」

と続けた。おれと宇太佳は顔を見合わせた。忍はこういうやつなのだ。自分が気になったことは、どんなことをしても知りたがる。

田中さんは気にする様子もなく、むしろ愉快そうにうなずいて答えてくれた。

「戦争中、このあたりに空襲があったことを知っているかい？」

いきなり話が飛んで、おれたちはぽかんとしたあと、首を振った。

「終戦日はいつだか知ってる？」

「一九四五年八月十五日」

さっと答えたのは忍だ。おれはそんなの覚えていなかった。というか、知らなかった。

「その日、ここに焼夷弾が落とされたんだよ」

「えっ？　終戦日に？」

忍が身を乗り出す。

「終戦日の未明だったよ。深夜一時ごろかな。熊谷を攻撃したＢ29が、余った爆弾をこのあたりに捨てていったんだ」

「はあ？　なんだそれ」

「不法投棄じゃん。ひでえ」

「最悪の爆弾の落とされ方だ」

おれたちは口々に声をあげた。余った爆弾を落とすなんて、ばかにしているとしか思えない。

「被害はあったんですか？」

花林神社の境内に、慰霊碑が立っているのは知っていた。戦争で亡くなった人だろうなとうっすら思っていたけれど、これまであえて知ろうとはしてこなかった。

「その空襲でね、市内で二十三人が亡くなったよ」

二十三人？　何千、何万人単位だと思っていたから拍子抜けだった。

「少ないな」

忍がつぶやき、宇太佳もおれもうなずいた。

「その二十三人のうちの二人は、わたしの母と妹だったよ」

えっ……？　おれたちは顔を上げて、田中さんを見た。

「B29が余った爆弾を落としていって、母と妹は焼け死んでしまったんだ」

穏やかな口調だった。おれたちは、固まったまま顔を見合わせた。

「妹はまだ八歳だったよ」

まるで巻き貝のなかに入ったみたいに、耳の奥が、わーん、わーん、と鳴っていた。こめかみのあたりが熱を持ったようにじんじんする。おれのちっぽけな脳みそでは、とうてい理解できそうにない話だった。

まさかたった二十三人のなかに、田中さんの家族が含まれていたなんて思いもしなかった。

「ごめんなさい！」

忍が、大きな声で頭を下げた。忍の顔は真っ赤だった。こんな忍を見るのははじめてだ。忍はいつでもクールで、どちらかというと何事に対しても冷めている。

「……ごめんなさい」

宇太佳も謝った。おれもあとに続いた。二十三人が少ない、だなんて一瞬でも思ってしまったことが申し訳なかった。

「いやいや、謝ることなんてないんだよ」

田中さんが首を振る。

「その空襲で家が焼けてしまってね。父と兄は戦地ですでに亡くなっていて、わたしは天涯孤独になってしまったんだよ」

世界中から音がなくなったみたいに、しんとなった。

目の前にいる田中さんのお父さんとお兄さんが戦争で死んで、お母さんと妹さんが空襲で死んだ。そんなの、とても現実とは思えない。

「……リアル火垂(ほた)るの墓みたいだ」

宇太佳が言ったけれど、その声はかすかに震えていた。『火垂るの墓』は、去年もテレビ放映されて、おれも見た。お母さんは「何回見ても泣けるわ」と言いながら、本当におおいおいと泣いていた。おれはなんとも言えない気分で、ただなにかにムカついて頭がぱんぱんになって、そして食欲がなくなった。

二十三人という人数が、妙にリアルに迫ってくる。二組のクラスは二十四人だ。たった一人を残して、みんな死んでしまったということだ。

「そのとき、わたしは十一歳だった」

おれたちは、また三人で顔を見合わせた。自分たちと同じ年だ。心臓がどくどくと音を立てる。

「そのときに、足をけがしたんですか」

忍が聞き、田中さんはうなずいた。

「ひどいやけどを負ってしまってね」

田中さんの左足。いつも少し引きずって歩く。

「家もなくなって、家族もいなくなったわたしを、隣のお寺さんが引き取ってくれたんだよ」

花林神社の隣には、心聖寺(しんしょうじ)というお寺がある。池があって大きな亀がいて、低学年の頃は、亀にエサをやりによく行っていた。

「そこで雑用小僧になってね。お寺のお手伝いをいろいろさせてもらったよ。先々代の住職にはとてもよくしてもらってね。両親や兄や妹の供養もしてくれた。身寄りのないわたしに十分なものを与えてくれた。心から感謝しているよ」

　おれたちは神妙にうなずいた。それが実際にどういうことなのかなんてわからなかったけれど、おれたちは田中さんの話にただばかみたいにうなずいていた。

「戦争が終わって何年かしてから、この神社に空襲で亡くなった人の慰霊碑が立ってね。その頃は花林神社もにぎやかで、お参りに来る人が毎日大勢いてねえ。本社は駅向こうの松林（しょうりん）神社で、あちらに宮司さんがおられるから、ここには普段はいらっしゃらないけれど、ここも管理する人間がいないと困るという話になってね。昔は賽銭泥棒まで出る始末だったから。それでこの家を建てて、わたしが管理人ということになったんだよ」

　田中さんとふいに目が合って、おれは反射的にうなずいた。

「なるほど。そういう経緯で、ここに住むことになったんですね」

　忍の言葉に、ああ、そうだ、なぜ田中さんが花林神社に住んでるのか、っていう話だったと思い出す。

「……田中さんは、それからずっとここで一人なんですか」

宇太佳がたずねる。

「ああ、わたしは結婚もしなかったしね」

「ずっとここの管理人さんなんですか。他の仕事とかしなかったんですか？」

忍が聞く。

「ここの管理人をしながら、八百屋さんや電気屋さんでも働かせてもらったよ。頼まれればなんでもね。みんなとてもよくしてくれたから、生活に困ることはなかったよ。今は年金もあるしね。家まで用意してもらって、本当にありがたいことだよ」

「……そうだったんですか」

三人それぞれ、あいまいにつぶやいた。

「なんだか湿っぽくなってしまったね。ごめんねえ」

田中さんは、笑顔を作ってそう言った。おれたちはしどろもどろに、「いえ」とか「そんな」とか、ふにゃふにゃと答えた。

「そうだ！　掃除しよう。掃除しなきゃ！」

宇太佳が今急に思いついたみたいに、ちょっとわざとらしく言った。

「そうだそうだ、掃除しなくちゃな」

忍も乗る。

「レッツ、クリーン！」

英語で掃除ってクリーンでいいんだっけ？　と思いつつ、おれも言った。

こたつを片付けて広くなった部屋に、宇太佳が掃除機をかけた。そのあと、おれが固く絞った雑巾で畳の目に沿って拭いて、さらにそのあとを忍がから拭きしていった。お母さんが教えてくれた畳の掃除の仕方だ。

田中さんちは余計なものがなくて、置いてあるものといえば、タンスと引き出し型の小物入れぐらいだ。タンスはネットでしか見たことのない、昭和感満載の、よく言えばレトロなカラーボックスで、木製の小物入れはずいぶんと年季の入ったシロモノだった。取っ手の金具が今にも取れそうだ。

雑巾をきれいに洗って絞り、踏み台に乗ってタンスと小物入れの上の埃を拭き取った。手作りっぽい本立てに、古いノートやバインダーみたいなものが並んでいる。

「おわっ！」

踏み台から足を滑らせた。ずでんと尻もちをつく。

「大丈夫か、拓人」

宇太佳が飛んできてくれる。田中さんのお母さんと妹さんのことを考えていたら、ぼんやりして足を踏み外してしまった。

「ドジだなあ」

忍が笑う。

落ちるときにとっさにつかんだのか、本立てにあったノートが何冊か落ちていた。

「すみません！」

「いいの、いいの。拓人くん、ケガはなかったかい？　最近は踏み台に乗ることもなかったから、もしかしたら台がガタついていたのかもしれないよ。悪かったねえ」

田中さんが申し訳なさそうに謝る。いや、踏み台のせいじゃない。おれが掃除に集中しないで、ボケッとしていたからだ。落ちたノートを慌てて整える。

「あれ？　なんだこれ」

宇太佳が、ノートの間から落ちたらしいぼろぼろの紙を拾った。

「……写真？」

宇太佳の手にあったのは、茶色く変色した写真だ。

「古っ！　誰これ？　もしかして田中さん⁉」

　忍が頓狂な声をあげる。

「おお、ずいぶんと昔の写真が出てきたねえ」

「マジでこれ、田中さんですか？」

「そうそう、わたし」

　ランニングシャツを着た、坊主頭の男の子が竹ぼうきを持って、こちらを見ていた。

「えー、ぜんぜん似てないじゃん！」

　大きな声が出た。

「似てない？　なに言ってんだよ、拓人。田中さん本人なんだから、似てないもなにもないだろー」

　忍に肩を叩かれる。

「もっと他の写真はないんですか？」

「子ども時代のものは、これだけだねえ」

　田中さんがのんびりと答える。

「見せて」

おれは写真をそっと手に取って、田中さんの顔をよくよく眺めた。

「あー、なんとなく似てるわ。目のあたりが田中さんだ」

思わずつぶやくと、忍と宇太佳が、なに言っててんだようと笑った。

「心聖寺に来て一年ぐらい経った頃だねえ」

ということは、十二歳。今のおれたちと変わらない。写真のなかの田中さんは、すごくやせていて小柄だから、ずっと年下かと思った。この一年前に、お母さんと妹を亡くしたのだ。左足には包帯のようなものが巻かれている。

「ここはお隣の心聖寺の裏門だね。裏門は、もう壊されちゃってないんだけど」

田中さんが懐かしそうに目を細める。

「左側の建物は、昔の本堂だね」

おれたちは、写真をかわるがわる手に取って少年の田中さんを眺めた。大きな木の下で、竹ぼうきを持って突っ立っている。

「写真を撮ってやるからいい顔しろと言われたんだが、緊張してしまってねえ」

おれは写真に釘付けだった。この感覚はなんだろう。写真のなかにいる、十二歳の田中さんと、目の前にいるおじいさん姿の田中さん。おれは、二人を何度も見比べた。

この少年が、このおじいさんに？　ひどく不思議だった。カブトムシの幼虫が成虫になるよりも、もっと信じられないような気持ちだ。

「……なんか」

「ん？　なんだい、拓人くん」

「ものすごく長い年月が経ったんですねえ……」

感慨深げにつぶやいた次の瞬間、

「ぶわーはっはっは」

と、忍と宇太佳が爆笑した。

「なに、しみじみしてんだよ！」

「ジジクサイ！」

二人にツッコまれる。

つられて一緒に笑ったけど、本当に妙な気分になったのだ。おれと同じ年だった田中さんが、年寄りになるまでの長い長い年月。

ふいに頭のなかに、このあいだ理科の授業で習った地層のイラストが浮かんだ。何重にも重なった地層が、田中さんがこれまで生きて、経験した歳月に思えた。今、目の前にいる田中さんは、いろいろな経験が積み重なった集大成だ。

自分のこれからの人生を思う。明日もあさってもその先も、まだまだ長い。中学生、高校生、大学生、社会人……。うんざりするほどの長さだ。

「思えば、あっという間の人生だったねえ」

田中さんがゆっくりと言い、おれはまたへんな気分になった。

洗濯機がピーッと鳴った。

「洗濯終了。さあ、干しちゃおうぜ」

おれたちは、こたつ布団のカバーと敷物を外に干した。太陽がさんさんと照っていて、すぐに乾きそうだ。

そのあと、台所とトイレを三人で手分けして掃除した。今だから白状するけど、おれが掃除をするのは、学校以外では今日がはじめてだ。自分の部屋にあるおもちゃや教科書は一応片付けるけれど、掃除機をかけたり水拭きしたりしたことは、これまで一度もなかった。田中さんの家を掃除して、自分の部屋を掃除しないってのもおかしなことだなあと思う。

予定していた、ひと通りの掃除が終わると、

「わあ、すばらしいねえ。とてもきれいになったよ。お疲れ様でした。本当にどうもありがとう。お祭りのときもこれで安心だよ」

と田中さんは、とても喜んでくれた。

汗びっしょりになったおれたちは、冷蔵庫に作り置きしてある麦茶をがぶがぶと飲んだ。田中さんはうれしそうに、すぐさま新しい麦茶を煮出してくれた。

「ほらほら、麦茶をもっと飲みなさい。あ、そうだ。アイスも買ってあるよ」

そう言って田中さんが立ち上がろうとしたので、おれたちは慌てて制した。

「田中さんは、座っててください」

代表しておれは言い、冷凍庫から、田中さんが買っておいてくれたガリガリ君ソーダ味のファミリーパックを取り出した。田中さんにも渡すと、「わたしもかい?」と愉快そうに笑って受け取ってくれた。

「つめたくておいしいねえ。夏の味がするね」

田中さんはそう言ったけど、ちょっと冷たすぎるみたいで、ときおり「おお、ひゃっこい」と口をすぼめていた。

おれたちがすっかり食べ終わったあとも、田中さんはぺろぺろとなめているだけだったので、ガリガリ君はどんどん溶けてしまい、結局コップのなかに入れてスプーンですくって食べるという、新しい食べ方を披露してくれた。それはそれで、おいしそうだった。

そのあとは、いつものどうでもいい話になった。忍も宇太佳も、普段よりたくさんしゃべった。習い事のこと、学校のこと、家族のこと。おれが知らないことまで、べらべらと話した。

そういうおれだって、アホみたいにしゃべった。よくわからないけれど、しゃべらずにはいられなかった。田中さんが笑うとうれしくなって、もっともっと頭の中身を総動員させてしゃべった。

おれは、トランクスのズボンのファスナーが開いていて、本物のトランクスパンツが見えたときの話をした。最初に気付いたのは、席が前から二番目の宇太佳だった。トランクスのトランクスは紺色で、ズボンと同じ色だったから、窓際で後ろの席のおれにはよく見えなかったけれど、宇太佳にはばっちり見えたらしい。

トランクスが板書しているときに、宇太佳が立ち上がってみんなのほうを向き、自分の股間と、トランクスを交互に指すというジェスチャーをした。おれはすぐにピンときた。忍と目が合って笑いをこらえた。

「授業中になにやってるの！」

と、声をあげたのは小野田だ。宇太佳はとぼけた顔で無視して、着席した。

「なんだなんだ、騒がしいな」

長い板書が終わったトランクスがこっちに向き直ったとき、おそらくクラスの大半はトランクスのズボンのファスナーに注目していたと思う。ざわめきが徐々に大きくなって、気付いたやつらから笑い声が広がっていった。

「どうかしたか？」

トランクスが前に進み出たとき、はっきりと紺色のトランクスが見えた。ズボンの紺色とは微妙に異なる、明るい紺色だった。

クラス中は大爆笑だった。トランクスはキョロキョロとあたりを見渡して、なんだなんだ？　と首をかしげていた。その瞬間、

「きゃーっ！」

と、小野田が叫んだ。みんなより少し遅れて気付いたらしかった。

「先生っ！　前がぁ！　ファスナーが開いてますぅ！　パンツが見えてますぅ！」

トランクスはここでようやく気付いて、大慌てでファスナーを引き上げた。クラスの笑い声はさらに大きくなった。

「いやあ、まいったなあ！　すまんすまん！」

「やだあ、やだあ、やだあ！」

小野田はいつまでも一人で叫んでいたけれど、その顔はなぜかにやけていた。

「ほっほう。愉快愉快」

田中さんは笑った。トランクス先生、災難だったねえ、と言って笑っていた。

「小野田って、ほんと、うぜえ」

そのときのことを思い出したのか、忍がいまいましそうに口に出す。

「マンガのキャラみたいだよな」

宇太佳が続ける。

「小野田さんというのは、スケボについての忠告をしてきたというお友達だったかな」

田中さんの記憶力のよさに、おれはひそかに感動していた。よく覚えているなあと思った。うちのお父さんなんて、何度言ってもおれの友達の名前を覚えられない。

「たのしいお友達がたくさんいていいねえ」

小野田なんてクラスが一緒なだけで、まったく友達じゃなかったけど、田中さんの笑顔がもったいなくて、おれたちはこっくりとうなずいた。

つい話し込んで遅くなってしまったけれど、みんなでお昼にした。壁にかかっている時計は一時を過ぎている。お母さんが持たせてくれた弁当。おにぎり十個とから揚げとミニトマト。こたつの代わりに出した座卓に広げて、みんなで食べた。

十個のおにぎりの配分がまったく意味不明だったけれど、田中さんが「わたしはひとつで十分」と、遠慮ではない様子で言ったので、おれたちで三個ずつ食べた。普段はお母さんの料理についての感想なんてないけど、今日はやけにおいしく感じた。

食休みしたあとは、いよいよお風呂だ。田中さんは、いいのに、いいのに、と恐縮していたけれど、ここのところ日差しが強くて暑い日が続いている。汗をかいてそのままでは、気持ち悪いはずだ。

三人一緒に風呂掃除に取りかかろうと思ったけど、風呂場が狭すぎて身動きが取れなかった。こんな小さな箱みたいな浴槽、はじめて見た。体育座りをしないと入れないだろう。足はとても伸ばせない。

「お風呂は洗ったままになっているから、シャワーでざっと流すだけでいいからね」

様子を見に来た田中さんが言う。

「これ、どうやってシャワーを出すんですか」

「そうだよねえ、これはかなり古いからみんなは知らないかもねえ」

と言いながら、田中さんは丁寧に説明してくれた。田中さんの指示通りに、ガスの元栓を開けたり、つまみを回したりしているうちにシャワーが出た。ガスの元栓を開ける作業はちょっと緊張した。爆発するんじゃないかと一瞬本気で思ったほどだ。

「そういえば、田舎のおばあちゃんちのお風呂も、これと似たようなやつだったなあ」

宇太佳が言う。宇太佳はボーイスカウトにも入っているから、火おこしはお手の物だ。って、この風呂釜とは関係ないけど。

蛇口から水を出して風呂にためてから沸かすという、はじめての体験をした。風呂釜が小さいから、水がたまるのはあっという間だったけど、沸かすのに時間がかかった。

宇太佳がお湯の温度を確認して、いよいよ田中さんに入ってもらうことになった。

腕に負担がかからないように、三人でそっと田中さんの上着を脱がせた。ギプスをタオルで巻いて、その上からビニール袋で包んでぬれないように工夫をした。それから宇太佳が肩を貸して、田中さんはゆっくりとズボンを脱いだ。

おれたちもぬれないように、パンツ一丁になった。仲がいい三人とはいえ、パンツ一丁になることなんてなかったから、はずかしくて、おもしろくて、意味もなくばか笑いしてしまった。

「男同士だけれど、下着を脱ぐのははずかしいものだねえ」

田中さんが言う。もっともだ、と思ったけれど、田中さんは案外するっとパンツを脱いだ。なにもおかしくないけど、思わず顔がにやける。六年生になったって、お尻やおちんちんは笑えるものなのだ。

こんな近くで大人の裸を見るのは、お父さん以外でははじめてだ。家族旅行で大浴場には入ったことがあるけれど、他の人の裸をじろじろ見たことはなかったし、ましてやおじいさんの身体をこんなに近くで見たことなんてなかった。

田中さんの身体は、お父さんの身体とはぜんぜん違った。まるで枯れ枝だ。やせているとは思っていたけど、服を着ているとこれほどまでとはわからなかった。

理科室にある骨格標本がなくても骨のありかがわかるほどだ。突起みたいな背骨、今にも折れそうな鎖骨、一本、二本と数を数えられる肋骨（ろっこつ）。スケボーでちょっと転んだだけで骨折してしまったのも、うなずける。

お父さんも、いつかこんなふうになるのだろうか。そう考えると、さみしいような怖いような気分が襲ってきて、なんだかわからないけど、お父さんにありがとうと伝えたくなった。

宇太佳が田中さんをゆっくりと誘導して、風呂場の椅子に座らせた。狭いから、おれ一人でいいよ、と言う宇太佳に任せた。

しばらくしてから、宇太佳が出てきた。なかをちらっとのぞくと、田中さんは湯船につかっていた。

「ああ、なんて気持ちいいんだろうね」

そう言って、狭いお風呂で頰をほてらせている。出るときに声をかけてもらうことにして、脱衣所で待機することにした。

宇太佳はとても器用だ。田中さんの身体を洗って、洗髪まで一人でやってくれた。

「おれ、そういうの得意かも。余裕でできたわ。たまに、ひいばあちゃんの世話もしてるし」

汗で額を光らせた宇太佳が言う。おれは宇太佳を尊敬した。自分にはとてもできないだろう。

「そろそろ出ようかと思うよ。すまないけれど、手を貸してくれるかねえ」

しばらくしてから田中さんの声が届き、宇太佳が手伝って田中さんを湯船から出した。小さい浴槽のわりに深さがあるから、十分に気を付けて出入りしないと危ない。足の悪い田中さんはなおさらだ。

おそるおそる身体を拭くのを手伝った。強く拭くと骨が皮膚を破って飛び出てきそうな気がして、やさしく慎重にタオルを押し当てた。

足を拭こうとしたときに、思わず声が出そうになった。田中さんの左足。ふくらはぎの肉がえぐれたようになって、引きつれていた。空襲でやけどを負ったという痕だろうか。この傷のせいで足を引きずっているのだろうか。

「田中さんっ！　寒くないっすか！　暑くないっすか！　ちょうどいいっすか！」

知らぬ間に口走っていた。ばかでかい声で一気に。

「拓人、なんだよ、急に。鼓膜が破れるかと思ったぜ。もうちょっとしずかに話してくれ」

近くにいた忍が、耳を押さえる。

「ははは、拓人くんは元気がいいねえ。寒くも暑くもないよ、ぽかぽかしてちょうどいいよ。どうもありがとうね」

田中さんが笑顔で答えてくれて、一緒に笑おうと思ったけど、自分の意思とは反対に顔がゆがんだ。

おれは、無理やり最近流行っているお笑いコンビのギャグソングを歌った。宇太佳が一緒に歌い出し、忍も口ずさんだ。聞けば絶対に歌いたくなるギャグソングなのだ。おれたちの歌を、田中さんは笑顔で聞いていた。

田中さんのギプスはまったくぬれていなかった。大成功だ。そのあと風呂をきれいに洗って、風呂作戦は無事に終了した。

干していたこたつ布団は、日に当たってふかふかになった。家のなかも、田中さんもぴかぴかになった。

「今日は本当にどうもありがとう。これでお祭りのときも安心だよ。みんな、お祭りには来るのかい？」

「行きますっ！」

お祭りのときは、スケボーをやった通りにいくつかの出店が出る。毎年、出店目当てに来ていたけど、去年あたりからあまりおもしろいと感じなくなっていた。

出店といっても地域の人たちが出しているもので、輪投げの景品もつまらないものばかりだ。今年はお小遣いだけもらって行くのをやめようかと思っていたけど、田中さんがいるから、なんとしても参加したい。

帰り際、おれたちは境内の慰霊碑の前に立って、手を合わせた。亡くなった二十三人の人たち。そのなかに、田中さんのお母さんと妹さんがいる。

「どうもありがとうね。うれしいよ。みんな天国で喜んでるよ」

田中さんの穏やかな声に、しんみりとした気持ちになる。

夕暮れに向かっていく空はとてもきれいで、だけどなんだかうそっぱちみたいで、どこまでが現実なのかよくわからない感覚だった。むしゃくしゃして、そのくせ悲しくて、切なかった。

「ねえ、兄貴。昔、このあたりに焼夷弾が落ちたこと、知ってる？」

夕飯のあと、兄貴の部屋に入るなり、おれは聞いてみた。

「なんだよ、急に」

こちらに背中を向けたままの姿勢で、パソコンをいじっている兄貴が言う。

「プログラミング？」

「ああ、そうだ」

高校三年の兄貴はパソコン部に入っていて、ゲームの開発に夢中だ。部活でいつも帰宅が遅くて、受験勉強は大丈夫なの？　と、よくお母さんに言われている。

おれとは年が六つも離れているから、小さい頃も一緒に転がって遊んだというより、やさしく面倒をみてくれたという印象のほうが強い。

おれと兄貴は、性格も外見もまるで違う。兄貴は机に向かっているのが好きで、おれは身体を動かすのが好き。兄貴は果物が苦手だけど、おれは大好き。兄貴は細かい作業が得意で器用だけど、おれはおおざっぱで不器用。

「で、なんだって。焼夷弾？」

くるっと椅子を回して、おれを見た。

「終戦日に、このあたりに空襲があったって話。余った焼夷弾を落としていったんだって。兄貴知ってた？　おれ、今日はじめて聞いた」

「知ってるぞ」

「マジ？　有名な話なの？」

「ほら、花林神社の管理人さん。名前なんて言ったっけなあ」

「田中さん！」

叫ぶように言ったおれを、兄貴がけげんそうな顔で見る。

「そうそう、田中さんだったな。おれが小学生のとき、学校に講演に来てくれたことがあって、確かそんな話をしてたよ」

「講演？」

「田中さん、戦争の語り部みたいなことをやってるんだ。知らなかったか？」

おれは頭をぶんぶんと振った。初耳だ。まったく知らなかった。

「そのときの空襲で、田中さんのお母さんと妹さんは亡くなったんだって」

「ああ、講演のときに聞いた記憶があるな」

「二十三人の人が亡くなったんだって」

「……リアルな人数だよな」

言いながら兄貴がうなずく。

「おれ、二十三人って聞いて、そんなに少なかったんだって一瞬思った。被害が少なくてよかったって。戦争って、もっと大勢の人が亡くなるものだと思ってたから」

「人って、数字に惑わされやすいからな。数字の大小と被害の大小を同じに考えがちだけど、たとえば一人の亡くなった人に焦点を当ててみると、それがどれだけ大雑把な考え方なのかがよくわかる。亡くなった一人一人に生活があって、人生があったんだから。たとえば今、焼夷弾が落ちてきたら、おれたちの生活はジ・エンドってことだ。日常が突然ぶった切られる」

兄貴の言葉がじんと胸に響いて、改めて目が覚めたような気持ちになる。

「田中さんのお母さんは、どんな人だったんだろうな。妹さんはどんな遊びが好きだったんだろうってね。人が一人死ぬって大変なことだ」

田中さんのやさしい笑顔を思い出す。ふいに喉の奥が詰まったように感じて苦しくなる。

「でもさ、なんで急にそんな話？　あっ、そうか！　拓人、今、田中さんちの手伝いに行ってるんだったよな。母さんから聞いたわ」

兄貴にまで話がいってるとは……。

「いい経験だな」

からかうような笑顔で兄貴が言う。

「中学受験もやめたし、ヒマだから……」

そう返すと、兄貴は少し眉を持ち上げておれを見た。

兄貴は中学受験をして、名門と呼ばれる中高一貫校に通っている。兄貴が合格した日のことはよく覚えている。おれは保育園の年長だった。

その日は、お母さんがいつもより早くお迎えにきた。卒園式の練習の最中で、一人だけ途中で抜けて帰れることが、特別みたいで気分がよかった。

兄貴はめちゃくちゃうれしそうだった。帰宅したおれを抱えて、その場でぐるぐると回った。そんな兄貴ははじめてだったから、おれはびっくりしてうれしくて、もっともっと、とせがんだ。兄貴は、いいよと言って、なんべんもぐるぐると回してくれた。

それからお母さんとケーキ屋さんに行って、予約したという大きなケーキを受け取った。その日はお父さんも早く帰ってきた。出前のお寿司を取って、食卓は豪華だった。ケーキのプレートには、合格おめでとう！　と書いてあった。

お父さんもお母さんも兄貴もみんなうれしそうで、ずっと笑っていた。おれがふざけてもいたずらしても叱られることなく、さらに笑い声は大きくなった。ものすごく居心地のいい日だった。

おれは、その日のことを忘れられないんだ。あの、たのしかった一日をもう一度再現したいんだ。だから、中学受験をしようと思ったんだ。

だけどもう今のおれは、そんな日に興味はない。両親の仲はいいほうだと思うし、兄貴だってやさしい。だから、わざわざ特別な日を作る必要はないのだ。あんな時間なんて、今思えばオエーッだ。六歳の自分だったからのしかっただけで、今のおれにとってはむしろ居心地が悪いはずだ。

……と、思ってる。

おれは、そういうシナリオを頭のなかで作って、中学受験から逃げた言い訳にしているのかもしれない。それもちゃんとわかってる。

「拓人はどこの学校に行っても大丈夫だよ。おれみたいな偏屈な人間とは違うから。拓人は、環境に左右されない強さがあるから」

兄貴が言う。おれはなんて返事をしたらいいのかわからなくて、んじゃ、と手をあげて兄貴の部屋を出て、そのまま風呂場に直行した。

いつもはカラスの行水で湯船につかるのも面倒だけど、今日はあごまでどっぷりつかって足を伸ばしてみた。

夜になって少し冷えたのか、お湯がじんわりと肌に染みこんでいくのがわかる。身長百五十四センチのおれが、余裕で足を投げ出せる浴槽の広さだ。

えぐれて引きつれた田中さんの左足は、七十四年たった今でも、まだ痛そうに見えた。

5

お祭りの日は、朝から大わらわだった。忙しそうに大人たちが立ち働いている。田中さんは、手をけがしたことを自治会の人たちにずっと謝っていた。謝る必要なんてないのに気の毒に思えたし、謝らせるような雰囲気を作っている近所のおじさん連中にムカついた。

どこから持ってきたのか、いくつもの段ボール箱が持ち込まれて、家のなかは足の踏み場もなかった。田中さんは外に出したパイプ椅子に座って、入れ代わり立ち代わり訪れる人にあいさつをしていた。

「足手まといで、申し訳ない気分だよ」

田中さんのつぶやきに、そんなことないですよ！　と返すと、

「そうそう、そんなふうに思う必要は一ミリもないっすよ」

と、忍も加勢してくれた。

いつもは閉まっている本殿の扉が開いていて、真ん中に大きな丸い鏡が置いてあった。

「あれはご神鏡といって、神さまがあの鏡に宿るんだよ」

田中さんが教えてくれる。

「田舎のおばあちゃんちの神棚に、ちっちゃいバージョンのご神鏡があるわ」

宇太佳がつぶやいた。おれは、ちんぷんかんぷんだった。神さまが鏡に宿る？ 意味がわからない。不気味だ。

けれど、はじめて見る本殿のなかは意外にも広々としていて、どこからともなく気持ちのいい風が吹いてきそうな雰囲気だった。花林神社の神さまも、きっと心地よく感じているに違いない。

松林神社から宮司さんが来て、お祭りのお祈りをした。大人たちはかしこまって聞いていた。田中さんもだ。だからおれたちも、真面目くさった顔をして一緒に並んだ。

それから花林神社総代のあいさつがあって、祭りの唄があって、神輿を出す宮出しがあった。

「こんなこと、毎年やってたんだな」

忍が耳打ちしてきた。お祭りなんて、出店にしか興味がなかったから、知らないことだらけだ。

田中さんの家は、大人の男たちであふれていた。日が高いうちからビールや酒を飲んで、耳をふさぎたくなるような大声でどうでもいいことをしゃべっている。田中さんは外のパイプ椅子に、ちんまりと座っていた。酒を飲むためだけに田中さんを家から追い出すなんて、おかしすぎる。納得いかない。そのことを田中さんに言うと、

「一年に一回のことだからねえ。神さまも喜んでいるよ」

と、田中さんは、どこまでもやさしい。

「田中さんって、怒ることあるんですか？」

田中さんはあははと笑って、

「怒ることがないくらい恵まれてるからねえ」

と言った。

「すごいお人じゃ」

宇太佳が冗談みたいにひれ伏し、「菩薩(ぼさつ)レベルじゃ」と忍が続けた。田中さんって、本当にいい人だとつくづく思う。いい人すぎて、なんだか悲しくなる。

田中さんはいつだって、どんな小さなことにも「どうもありがとう」と言う。これまでの人生、きっとずっと、そうやって人に接してきたんだなと思うと、胸

がきゅうっとなる。

　境内は、笛や太鼓の音に包まれていた。神社の前の通りでは、出店の準備がはじまっている。

「あの、田中さん」

「ん？　なんだい、拓人くん」

「田中さんは、もう講演はしないんですか？」

　戦争の語り部のことだ。

「おや、よく知ってるねえ」

　なんのこと？　と宇太佳にたずねられ、おれは兄貴から聞いた話を二人に伝えた。

「そうだねえ、依頼があったらやりたいとは思うけれど、もうみんな、あまり興味はないのかもしれないねえ。でもまあ、まずはこの腕を治さんと」

　そう言って田中さんは、サポーターの上から腕をさすった。

「なあ、忍、宇太佳。今度、学校に田中さんを呼ばないか。戦争の講演してもらうんだ」

「おっ！」

「いいね！」

忍が親指を立てて、宇太佳がグーマークを作った。

「マジで計画立ててようぜ。道徳の時間とか学級活動の時間でもいいし。トランクスに聞いてみよう」

忍が言う。

「よし。絶対実現させてやる。休み明け、さっそくトランクスにかけ合おう」

「うん、そうしよう」

「田中さん、いいですよね。ぜひお願いします！」

田中さんは、笑顔でうなずいた。

うちの小学校での講演は、おそらく兄貴の代以来のことだろう。田中さんの戦争体験を、みんなに聞いてもらいたい。

終戦日に、この地域に空襲があったこと。そのとき、田中さんがおれたちと同じ年だったこと。大事な家族を亡くしてしまったこと。そのあと、隣のお寺に住んでいたこと。それから、この花林神社の境内に住んで、神社を守って、慰霊碑に花と水を絶やさないこと。

そしてなにより、田中さんの人柄、菩薩ぶりをみんなに知ってもらいたい。その菩薩である田中さんと、おれたちが友達だってことも。

四時を過ぎると、それまでの明るい日差しが、かすかにオレンジ色を帯びてきた。出店から、いい匂いがただよってくる。あとで、焼きそばと焼き鳥とラムネを買おうと考える。出がけに、お母さんから二千円もらった。いつもより多かったから、理由をたずねてみたら、田中さんのお手伝い賃よ、と言われた。

お囃子(はやし)の音が大きくなって、否(いや)が応でもお祭り気分になる。

「おれ、金魚すくいやりたいな」

宇太佳が言う。

「どうせすぐ死んじゃうぜ。お祭りの金魚って、アロワナとかのエサだろ」

忍がちゃちゃを入れたけど、実はおれもやりたかった。飼いたいというより、金魚をすくうこと自体がおもしろい。

「絶対に死なせない。ちゃんと飼うんだ、おれ」

宇太佳だったら、たとえアロワナのエサ用の金魚でも立派に育てるだろう。

ひさしぶりに、隣の心聖寺の亀を見に行きたくなった。昔、お祭りで亀すくいがあったらしくて、飼いきれなくなった亀を心聖寺の池に捨てていったのが、いつのまにか増えたといううわさだ。小さな亀だって成長すれば大きくなる。家で生き物を飼うというのは大変なことだ。

夕闇が訪れて、空は藍色になった。田中さんのところに来るようになって、おれはよく空を見上げるようになった。晴れた日でも、夕焼けがオレンジのときとピンクのときがあって、そのグラデーションは毎日違う。同じ空は二度とない。そのことに気付いて以来、毎日見なくちゃもったいないような気がしている。これも田中さんのおかげだ。

徐々に人が多くなってきた。参拝客が次から次へとやってきて、境内はとてもにぎやかだ。スケボーをした通りにも、たくさんの人があふれている。

「こんなに大勢の人が来てくれて、神さまも喜んでおられるね。にぎやかでたのしいね。一年でいちばんうれしい日だね」

おれたちは田中さんを出店に誘ったけれど、人が多くて、手と足が悪い田中さんには大変なようだった。

「わたしはここにいるから、みんなでたのしんでおいで」

パイプ椅子に座ったまま、田中さんが言う。

「わたしは、大勢の人がたのしそうにしているのを、こうして眺めているのが好きなんだよ。ほらほら、三重奏トリオくんたちは出店に行っておいで。なにかおいしいものでも食べてきてね。いい匂いだよ」

田中さんは笑顔で、おれたちを追い立てるようなしぐさをした。

「じゃ、ちょっと行ってきます」

宇太佳が敬礼をするので、おれと忍もならった。

「なに買うかなー」

「腹減ったあ」

「あ、射的がある！」

子どもっぽいと思っていた出店だけど、こうして実際、にぎやかな雰囲気のなかに身を置くと、自然と気持ちが高揚する。心の底に眠っていたお祭り魂、目覚めたり！　という感じだ。

焼きイカや焼き鳥を食べながら、通りを歩いた。焼きそばも食べた。何人かのクラスメイトたちにも会った。お囃子の音のなかで気軽なあいさつを交わすと、普段苦手なやつのことも、なんだか仲間みたいに思えてくる。

宇太佳は金魚すくいをやって、二匹ゲットした。おじさんがサービスで一匹くれた。おれは結局やらなかった。育てられる自信がなかったし、死んでしまう金魚を見るのは嫌だった。宇太佳は、小さな三匹の金魚が入ったビニール袋を大事そうに持った。

「おい、見ろよ」

忍に肘を突かれて、目線の先をたどると、小野田がスキップするような足どりで歩いてくるのが見えた。横には背の高いイケメンがいる。

「男連れだ」

「マジか」

小野田がおれたちに気付いて、慌てた様子でにやけた顔を引き締めた。

「こんにちはー、小野田さん」

忍が愛想よく声をかけた。小野田が迷惑顔でこっちを見る。

「ふふ――ん」

おれたちは声をそろえて、小野田とイケメンを交互に見た。

「な、なによ」

「彼氏？」

と、おれは聞いてみた。

「バ、バカッ！　そんなんじゃないわよ！　いとこのお兄さんよっ！」

小野田が顔を真っ赤にして、大きな声を出す。

「へえ、そうなんだ。そのわりに小野田、浴衣なんか着ておしゃれしてるじゃん」

宇太佳が指摘すると、小野田はさらに顔を赤くした。

「学校の友達？　おれ、先に行ってようか？」

いとこのお兄さんは気を遣ったのか、小野田に向かってそう言ったが、小野田は、

「友達じゃないからっ！」

と、めいっぱい声を張り上げた。お兄さんは笑って、ゆっくりすればいいよ、と小野田の肩を叩いて、先に歩いていった。

「んもうっ！　あんたたちのせいで、お兄さん行っちゃったじゃない！」

小野田がキンキン声で叫ぶので、おれたちは大笑いした。いつもだったらムカつくところだけど、今日は愉快だった。

「おたのしみのデートのところ、悪かったなあ、小野田」

「お兄さん、イケメンだねえ」

「小野田でも、こーんな顔するんだなあ」

そう言って宇太佳が、両手を祈るように組んで、上目遣いでまぶたをバチバチ

とさせた。おれたちはまた大笑いした。

「なによーっ！　第一、なんであんたたちがそろっているのよ！　ひやかしだけのくせに！」

仁王立ちした小野田がどんっ、と足を踏み鳴らす。

「う、うるさいな。そ、そんなのこっちの勝手だろ」

思わず口ごもってしまった。田中さんを手伝っていることは、言いたくなかった。小野田に知られたら、理由を根掘り葉掘り聞かれて、どうせスケボーのせいにされるんだ。

「なに慌ててるのよ。あっ、もしかして、なにか悪いことでもたくらんでるんじゃないでしょうね」

カアッ、と耳のあたりが熱くなる。

「悪いことってなんだよっ！」

とたんに、さっきまでの愉快な気分が台無しになって、イラついてきた。遠回しに、田中さんのことを悪く言われたような気がしたのだ。

「ふんっ、知らないわよ。どうでもいいけど、問題起こしたりしないでちょうだいよ」

小野田は捨てぜりふを吐いて、どすどすと足を踏み鳴らしながら、いとこのお兄さんを追いかけていった。

「おおっ、地面が揺れる！　地震だ！」

忍が大きな声で言ったけど、小野田の耳には届かないようだった。

「ほんとムカつくやつ」

宇太佳が憎々しげに言い、おれと忍も同意した。

おれたちは出店が出ている通りを、ぼんやりと眺めた。スケボーで田中さんがこけたところだ。

「スケボーやりたいなあ」

「やりたいな」

田中さんがけがをしてから半月以上たった。こんなに長い間、スケボーをやらなかったのははじめてだ。

「しばらくお預けだな」

「うん、でも田中さんの手伝い、おれ、嫌いじゃないよ」

宇太佳が言う。

「おれも」

同意すると、忍もうなずいた。

おれたちは三人で小遣いを出し合って、田中さんにチョコバナナを買った。

境内に戻ると、田中さんはさっきと同じ姿勢でパイプ椅子に座っていた。あたりを見渡したけど、小野田はいないようだった。あいつにだけは、田中さんと一緒にいるところを見られたくない。

「早かったねえ。もっとゆっくり見てくれればいいのに」

田中さんが笑顔で迎えてくれる。

「はい、お土産（みやげ）です」

チョコバナナを渡すと、田中さんはびっくりしたような顔をして、どうもありがとう、と頭を下げた。

「これはまた、きれいだねえ」

チョコレートにかかっている、色とりどりのスプレーチョコのことだ。うれしいねえ、と言いながら、田中さんはもぐもぐとチョコバナナを食べた。

「やわらかくて甘くて、とてもおいしいよ」

ポテトチップスより、口に合ったようだ。

「おれ、トイレ行きたくなってきた。田中さんちのトイレ借りていいですか」

たずねると、もちろんどうぞどうぞ、いくらでも使ってね、と言ってくれたので、おれは遠慮なく田中さんの家に上がらせてもらった。

家のなかでは、自治会のおじさんたちが赤い顔をして、大きな声でしゃべっていた。おれが入ってきたことなど、まったく気付いてない様子だ。おかまいなしにしゃべって、げらげらと笑っている。

座卓の上にはビールの缶やお酒の一升瓶や、つまみ類、お弁当が並べられていた。置ききれないものは、床にじかに置いてある。あとで掃除しなくちゃなと思う。きっと誰も掃除なんてしないだろう。

トイレを借りて戻ろうとしたとき、「田中さん」という言葉が耳に入った。

「田中さんももう年だしなあ。そのあと、ここをどうするかだ。管理人がいたほうが安心なんだけどなあ」

「また、タダで貸すのか？　次からは少し家賃もらったほうがいいんじゃないの？」

「その家賃をどうすんだ」

「こうしてみんなで酒飲めばいいやね」

大きな笑い声。

「田中さん、いいご身分だよなあ。ここに家まで建ててもらってよう。仕事なんて、境内の掃除くらいしかないだろ。戦争で苦労したかもしれないけど、そんなもん、みんな同じよ。そういう時代だったんだから仕方ない」

「まあまあ、いいじゃないの。そう先が長いわけじゃないんだし」

口々に好き勝手なことを言って、大笑いしている。

「でも、そろそろ田中さんがいなくなったあとのこと、考えなくちゃなあ」

「おれたちのほうが先にあの世にいくかもしれないぞ」

「そうかもなあ！　あーっはっはっは」

なにがおかしいんだ！　なにもおかしくない！　猛烈に頭に来た！　田中さんのことを、陰でこんなふうに言うなんて信じられない！　きつく握ったこぶしの爪が、手のひらに食い込む。

普段はなにもしないくせに、田中さんちを使って勝手に飲み食いして！　大人のくせに、言っていいことと悪いことの区別もつかないのか！　アホみたいに酔っ払って、はずかしいと思わないのだろうか。ムカついた。最大級にムカついた！

だけど、今ここで大人たちの前に出て行って、文句を言うことなんてできやしなかった。おれは歯を食いしばったまま、田中さんの家を出た。

せめてもの意思表示で、玄関の引き戸を、思いっきり音を立てて閉めたけど、なかのおじさんたちには聞こえなかったみたいだ。逆に、外にいた宇太佳に、

「もうちょっとしずかに閉めてよ。壊れちゃうよ」

と言われた。

「……ごめん」

「どうかしたか？」

忍がおれの顔をのぞきこむ。黙っていたほうがいいのか、と一瞬思ったけど、とても黙っていられなかった。

「忍、宇太佳、ちょっとそこまで来て」

田中さんには、ちょっとそこまで、と伝えて、神社の裏手に回った。

「どうしたんだよ」

「田中さんに聞かれたくない話か？」

おれは、今耳にしたことを二人に話して聞かせた。話している途中で、なんだかわからないけど涙が出てきそうになった。でも、ぐっとこらえて、声を張った。

「なんだよ、それ！　信じらんねえ！」

「超ムカつく！」

おれたちは、そこでさんざんおじさんたちの悪口を言ったけど、結局はそれだけだった。おじさんたちに殴り込みに行くことも、意見を言いに行くことも、なんにもできなかった。

「……大人って、いろんなことを知っていて、きちんとしてて、間違えたことなんて言わないって思ってたけど、ぜんぜん違うんだな」

宇太佳が言う。その通りだとおれも思った。親の言うことを聞け、先生の言う通りにしろ、とかよく言われるけど、それって本当なのか？　それは絶対に正しくて、心から信じていいことなんだろうか。田中さんの悪口を言う大人なんて、信じられない。絶対に従いたくなんかない。

「なんだか、悲しくなってきた」

そうつぶやくと、忍がぐいっと顔を上げて、

「おれたちが、そういう大人にならなければいいんじゃね？」

と言った。

「……うん、そうだな。おれは絶対にあいつらみたいな大人にはならない」

宇太佳が言い、おれも大きくうなずいた。

「おれ、やっぱり、どうしても田中さんに学校で講演してもらいたい。みんなに田中さんのことを知ってもらいたい。知らないから勝手なこと言うんだ」

大人がしゃべることは、いつの間にか子どもに伝わる。もしかしたらうちの学校の生徒のなかにも、酒を飲んでいるおじさんたちみたいに、田中さんのことを見下している生徒がいるかもしれない。

けれどそれは、田中さんのことをちゃんと知らないからだ。みんなに、田中さんのことを知ってもらいたい。

「あの写真」

思わず口に出る。

「あの坊主頭の頃の田中さん。おれたちと変わらない年なんだぜ。あれから田中さんは一人でがんばってきたんだ。なあ、それってすごいことだと思わないか？大変な思いをして生きてきて、今は菩薩だ。尊敬するよ、本当に」

おれはもっとなにかを言いたかったけど、喉が詰まったようになって言えなかった。

「拓人の言いたいこと、わかるよ」

宇太佳が言う。

「偉人伝の本になってもいい人だよな」

忍だ。

「田中さんの講演会、絶対に決行しよう！　休み明け、トランクスに直談判だ」

おれたちは、決意を新たにした。

七時に神輿の宮入りがあり、八時には出店も撤収されたけど、おじさんたちはお酒を飲んで、がはは、がははと笑っているばかりで、腰を上げる気配はなかった。田中さんはひざ掛けをかけて、パイプ椅子に座っている。

田中さんにはきれいなところで寝てもらいたかったから、おじさんたちが帰るのをずっと待っていたけれど、おじさんたちはいつまでも大騒ぎしてしつこく田中さんの家に居座った。汚れた部屋を早く片付けたい。

九時をだいぶ過ぎた頃にお母さんがやって来た。おれたちを見つけて、

「こんなに遅くまでなにやってるの」

と、眉をひそめた。

「いやいや、これは拓人くんのお母さん。遅くまですみません。わたしの責任です。申し訳ありません」

田中さんが深々と頭を下げたけれど、違う、おれたちが自分たちの意思でここに残りたかったのだ。田中さんは早く帰りなさい、と何度も言ってくれた。

事情を説明すると、お母さんは腰に手を当てて、

「まったく、しょうがないわね」

と鼻の穴を広げた。そして田中さんに、ちょっと失礼しますよと断って、田中さんの家にずかずかと入っていった。おれたちもあとに続いた。

「皆さん、ご機嫌なところ、すみませんねえ！　もう遅いので、ここ空けてもらえませんか。田中さん、お怪我されてることですし、家に入れなくて困ってますよ。さあ、お開きお開き！　片付けますよ！　ハイ、どいたどいた！」

お母さんが威勢のよい大きな声を出して、パンパンと手を打つ。

「なんだよう、もうそんな時間かよ」

「夜はこれからだ」

酔っぱらいのおじさん連中は、ぐだぐだと文句を言った。

「ほら、さっさと立って！　飲みたいなら、どこかよそに行ってちょうだい！」

お母さんは急き立てるように一人一人に声をかけ、家から追い出した。

拓人の母ちゃん、すげえな、と感心したように忍に耳打ちされ、誇らしいのか

はずかしいのか、よくわからなかった。

「はーっ、ようやく帰ったわ。まったく、こんなに汚して。さあ、片付けるわよ。みんな手伝って」

お母さんの指揮で、部屋はあっという間に片付いた。田中さんの布団を敷いて、任務完了だ。

「田中さん、お疲れになったでしょう。お祭りのときは、いつも外で待ってるんですか。自治会の人たちと一緒に、なかにいらっしゃればいいのに」

田中さんは、いやいや、と首を振って、

「わたしは酒が飲めませんので」

と言った。うん、正解だ。あんなおじさんたちと一緒にいたって、田中さんがたのしめるとは思えない。

「毎日拓人くんたちが来てくれて、本当に助かります。こんな年寄りのところに来てくれて、とてもうれしくて。心から感謝しています」

田中さんは、お母さんに丁寧にお礼を言った。お母さんがなんだか涙ぐんでいるように見えてぎょっとしたけど、見て見ないふりをした。

おれたち三人と、お母さんで並んで帰った。忍と宇太佳の家には、すでに連絡してあるらしい。

「今日はたのしかった？」

お母さんに聞かれ、忍と宇太佳が、はい、と返事をした。おれは友達の前で自分の親としゃべることがなんだか照れくさくて黙っていた。

忍と宇太佳を順に送っていき、お母さんと二人で夜のなかを歩いた。今日はお祭りで停めるところがなかったから、自転車じゃなくて歩きだ。

昼間は暑かったけれど、夜になって少し冷えてきた。こんな時間に外を歩くのは、ひさしぶりだ。まして、お母さんと二人で歩くなんて。

「夕飯、なにか食べた？」

「うん、焼きそばとかいろいろ」

「おなかすいてない？」

言われてみれば、すいていた。

「なんか買っていこうか」

お母さんはそう言って、コンビニに入っていった。

「なんでもいいわよ」

と言うので、ポテチとグミとサイダーを選んだ。

「おにぎりとかサンドイッチじゃなくて、お菓子？」

と、一瞬顔をしかめたけど、まあいいわ、と言って買ってくれた。お母さんは、チョコバーを買った。

「食べながら歩こう」

え？　いいの？　と思ったけど、口に出すと撤回されそうだから黙ってうなずいた。ポテチの袋を開けて、ぱりぱりと頬張りながら歩いた。お母さんも大きな口を開けて、チョコバーをもぐもぐと食べている。大人なのに、こんなことしていいんだ？　と思って見てたら、

「これはナイショね」

と、お母さんが舌を出した。

街灯の光が邪魔をしていたけど、星がいくつか見えた。

「田中さん、いい人ね」

お母さんの言葉に、うん、と返事をした。それ以外に話すことはなかったけど、なんとなくうれしい気分だった。

6

　ゴールデンウィーク明けの昼休み、おれと忍と宇太佳でトランクスのところに出向いた。田中さんの講演のことだ。

「なんだ、めずらしいメンツが来たな」

　トランクスが、わざとらしく眉を持ち上げる。

「花林神社の管理をしている田中さんのことなんですけど」

「ああ、転倒して救急車を呼んであげたっていう田中さん？」

　おれたちは、こくこくとうなずいた。

　どこまでトランクスに話すべきか悩んだけれど、田中さんがけがをしている間、手伝いに行っていることは伝えようと、三人で事前に決めていた。

　トランクスに話すと、

「へえ、感心だなあ」

と、たいして感心していないような口調で答えた。

「で、その田中さんがどうした？」

「あ、あの、おれたち、田中さんを学校に呼びたいんです！　田中さん、戦争の語り部をしてるんです。戦争体験を学校のみんなにぜひ聞いてもらいたいんです！」

一気に言った。

「この地域で空襲があったことを、みんなに知ってもらいたいんです」

「田中さんって、めちゃいい人なんです。みんな好きになると思います」

忍と宇太佳も加勢してくれた。

「ほおーっ」

トランクスはおれたちを見てうなずいた。今度は本当に感心してくれた様子だった。

「ナイスアイデアだな」

トランクスは、真ん中ぱっくりヘアを手でかきあげた。

「問題は、この案をどう展開していくかだ。田中さんの話を聞いてもらいたいのは、六年二組だけなのか？　それとも一組も合わせた六年生だけか？　もしくは、学校の生徒全員か？　保護者も参加していいのか？」

おれたちは顔を見合わせた。できるなら全校生徒。その他にも、一人でも多くの人に聞いてもらいたい。

「わかった。学校をあげての講演会ってことだな。主催はお前たち三人か？」

「主催？　どういうことですか？」

「これから、日にちや時間、場所、人数。そういうことをいろいろ決めていかなくちゃいけないだろ。三人だけでできるか？」

トランクスが片方の唇を持ち上げる。おれたちはまた顔を見合わせた。どうやら、トランクスは手を貸してくれないらしい。

おれたち三人で企画などできるのだろうか。急に不安になる。

おれたちの不安げな顔を見て、トランクスはニヤニヤしながら、

「三人じゃ難しいようだったら、助っ人を頼んだらどうだ」

と言った。

「助っ人？」

三人で声がそろう。助っ人なんているだろうか？　誰の顔も思い浮かばない。

五年の夏休み前ぐらいまでは、クラスのいろんな友達と遊んでいたけれど、夏を過ぎた頃からは、忍と宇太佳の三人だけでつるむようになった。おれの友達。おれの仲間。きっと忍と宇太佳も同じように思っているだろう。

「たくさんいるだろ？」

トランクスの言葉に、おれたちは頭をフル回転させた。けれど、めぼしいやつは一人も思い浮かばなかった。

「お前たち、何組だ？」

「二組です」

と忍が答える。

「二組のクラスメイト……？」

宇太佳がつぶやく。

「二十四人いれば、なんとかなるんじゃないか？　三人よりは心強いだろ？」

トランクスが、さも当然といわんばかりに答える。

「協力してくれるか、わかりません。っていうか、協力してくれないような気がします」

おれは言った。

「そこは三人の腕の見せどころだ。次の授業、一時間たっぷりあげるから、みんなに相談してみればいい」

トランクスはそう言って、五時間目の理科の時間をおれたちにくれたのだった。

教壇に立ったおれたち三人を見て、クラスメイトたちはざわめいた。そりゃそうだ。おれたちが自ら人前に立つことなんて、めったにない。クラスでのおれたちの立ち位置は、ひと言で言うと、しらけチームだ。

男子のなかには、優等生チーム、やんちゃチーム、幼稚チーム、が存在する。優等生チームは先生受けがよくて、宿題や掃除をきっちりやるタイプ。やんちゃチームは、目立ちたがり屋で騒がしくて、そのくせ素直で女子とケンカするわりに仲がいい。幼稚チームは人に流されやすくて、あまり自分の意見がない。そしてすぐに泣く。

おれたち、しらけチームはそのどれにも属さない。先生の言うことを聞くのもおもしろくないし、ばか騒ぎするのも好きじゃない。自分の意見はちゃんとあるけど、その意見を誰かにわざわざ伝えることもしたくない。かっこつけてるわけじゃないけど、ダサいことはしたくない。算数の答えはわかってるけど、手をあげたくない。根は正直だと思うけど、素直じゃない。

早い話、ひねくれ者？　面倒くさいやつ？　なんにせよ、いいことは言われないだろう。

五年の夏頃までは、もっと簡単だった。頭のいいやつ、運動が得意なやつ、女子にもてるやつ、そういう表面上のくくりはあったけど、誰といたってそれなりにたのしめた。

トランクスは、クラスみんなで仲良くしよう、ってよく言うけど、今のおれはそんなことできない。だって、そうだろ。誰だって、気の合うやつと合わないやつがいるんだから、全員で仲良くなんてできやしない。そのスタンスでやっている。

そんなおれたち三人が前に出たものだから、クラスのみんなは驚いている。なにより、おれがいちばん驚いてる。

「はい、しずかにして。今日は三人から、みんなに相談があるらしい。聞いてくれるか？」

トランクスがおれたちをさして言う。超はずかしい。ばかみたいだ。でも、はずかしくても、ばかみたいでも、おれは田中さんのことをみんなに知ってもらいたいのだ。

「あ、あのおっ！」

声が裏返ってしまった。一瞬の間のあと、忍がかすかに唇を持ち上げ、宇太佳はおれを見てひとつうなずいた。

「あの、今日は提案がありますっ」

みんなは依然として、不思議そうな顔でおれたちを見ている。ヤベッ、心臓がばくばくしてきた。忍が、ちょんとおれの肘を突いて目配せする。忍は人前で話すのが得意だ。出だしは忍に任せた。

「みなさん、終戦日にこの町に空襲があったことを知っていますか？」

忍が、クラス全員に語りかけるように声を出した。クラスがざわめく。

「なにそれ」

「知らない」

「なんの話？」

などという声が耳に届く。

「しずかにしてください」

宇太佳が言い、それから忍と宇太佳がおれを見て促した。おれは小さくうなずいて、息を大きく吸った。

「花林神社には、管理人の田中喜市さんという人が住んでいます」

大きな声で言ったら、緊張がとれた。

「田中さんは、八十五歳です。この町にずっと住んでいます。終戦のとき、田中さんはおれたちと同じ十一歳でした。田中さんは戦争で家族を亡くしました」

教室がしずまる。

「田中さんは、戦争の語り部をやっています。田中さんに、ぜひ学校に来てもらって、戦争についての講演をしてもらいたいんです」

みんな、真剣な顔つきでこっちを見ている。

「この企画を、ぜひみんなに協力してもらいたいんです！　お願いします！」

大きな声で言って頭を下げると、忍と宇太佳も「お願いします！」と言って、頭を下げた。

誰かが「へえ」と言い、誰かが「いいじゃん」と言った。

「賛成の人、手をあげてください」

いきなり立ち上がって、音頭をとったのは小野田だ。小野田が自ら手をまっすぐにあげると、クラスのみんなも次々と手をあげた。けれど、手をあげない人もいた。

「反対の人、意見をお願いします」

小野田が手をあげなかった生徒を指名する。

「準備が大変だと思います。ぼくは中受を控えてるから、授業時間を減らされるのは困ります」

真面目男子が意見する。

「なるほど。そのへんのことはどう考えてますか？」

小野田がおれに振る。

「授業には支障が出ないようにします。学級活動の時間内や放課後に準備したいと思っています。もちろん塾や習い事がある人は、そっちを優先してくれてかまいません」

忍だって中学受験組だ。支障があったら困る。

「でも実際、今日の五時間目の理科の授業をこんなことに使ってるじゃないですか」

うぐっ、と言葉に詰まる。

「すまんすまん。それは先生が決めたことなんだ。今日の理科の授業はどこかで必ず埋め合わせをするから」

トランクスが謝った。かすかなブーイングは、今日の理科の授業がなくなって喜んでいる連中だろう。

「他の反対意見ありますか？」

小野田が仕切る。

「はい」

と、女子が手をあげた。

「わたしは、人がたくさん死んだ戦争の話なんて聞きたくありません。そんな怖い話をわざわざ聞きたくないです。悲しい気分になるし」

クラスが一瞬しんとして、そのあとざわついた。おれも思わず忍と宇太佳の顔をすがるように見てしまった。そんな意見が出るなんて、びっくりしたのだった。

「なるほど。貴重なご意見をどうもありがとうございます。もしかしたら、戦争の話を聞きたくない人が、他にもいるかもしれません。それについてはどう思いますか？」

聞きわけのいい、つまらない司会者のようにまとめて、小野田がこっちを見た。おれは反射的に目をそらした。なんて答えたらいいかわからない。実のところ、内心ムカついていた。聞きたくない、ってなんだ？　大勢の人が亡くなった戦争じゃないか。怖い？　悲しい？　その場にいなかった人間がなに言ってんだ！

「正直な気持ちを教えてくれて、どうもありがとうございます」

忍が頭を下げた。おれの顔を見て、拓人じゃ無理だと思ったんだろう。賢明だ。

「戦争では大勢の人が亡くなりました。兵士だけではなく、一般の人たちもたくさんです。軍人が二百三十万人、民間人が八十万人亡くなったと推定されています。尊い命が次々と消えていきました。民間人というのは、ぼくたちのことです。ぼくたちや家族が戦争に巻き込まれて死んだっていうことです」

「だから、それは昔のことで、今のわたしたちとは関係ありません。日本はもう戦争しないでしょ。憲法第九条に戦争放棄について記載されています」

怖い話を聞きたくないと言った女子が、忍に反論する。憲法九条？　戦争放棄？　難しい話になってきた。ついていけない。

「いや、戦争に参加する可能性はあります。可能性がゼロなんてものはこの世にない。現に自衛隊はイラク戦争に派遣された。人道復興支援活動ってことだけど、現地でどんなことがあったのかはわからないだろ。集団的自衛権だってそうだ。日本が攻撃されなくても、海外での自衛隊の武力行使ができるようになっちまった。憲法九条なんて意味ねえじゃないかよ」

忍の顔が赤い。口調が悪くなったのも、興奮したせいだろう。忍の言ったことは、おれの知らないことばかりだった。

「……なによ、そんな言い方しなくてもいいでしょっ」

「ちょっとちょっと、ケンカはやめてください！」

小野田があせったように仲裁に入る。

「冷静に話し合いをしましょうよ。ねっ」

わざとらしい笑顔で小野田が首を傾げた。

「あの！」

無意識のうちに声が出た。

「あのさ、戦争のことも大事だけど、おれはただ田中さんのことを知ってもらいたいんだよ。花林神社の管理人をしているおじいさんのことを、一人でも多くの人に知ってもらいたいんだ。田中さんは、おれたちと同じ歳だったときにお母さんと妹さんを空襲で亡くした。そんなのって、ちょっと想像つかないだろ？　急に家族がいなくなったんだよ。それって、確かに怖いし、悲しいことだけど、田中さんはそれからの人生、一生懸命生きてきたんだ。田中さん、すっごくいい人でさ。おれも年をとったら、あんなおじいさんになりたいって思った。そんな田中さんのことを、みんなに紹介したいんだよ。それだけなんだよ」

クラスがまた一瞬、しずかになった。ヤベ、やっちまったか、と思ったすぐあ

とで、

「いいね、その通り」

と、宇太佳が言って、

「だな」

と、忍が続けた。

それからまた少し話し合いがあった。真面目男子は、勉強が遅れないならいいと言い、戦争の話を聞きたくないと言った女子は、田中さんの人生の話ならと、了承してくれた。

「他に、田中さんに講演をしてもらうことについて反対の人、いますか？」

小野田の問いかけに、手をあげる生徒はいなかった。

「では、花林神社の管理人である田中喜市さんに、学校で講演をしてもらうことに賛成の人、手をあげてください」

おれは一人一人のクラスメイトの顔を見ていった。全員だ。全員の手があがった。胸に熱いかたまりが突然現れたみたいに、ぼわんと熱くなる。

「ありがとうございます！」

三人で声がそろった。忍も宇太佳も満面の笑みだった。もちろんおれも。

具体的な企画についてクラスで話し合い、日程や場所を決めて、校長先生に許可をもらいにいくことになった。いちばんの問題は、誰に聞いてもらうかだ。六年生だけじゃなくて、この学校の生徒全員に聞いてもらいたいのはもちろんだったけれど、できれば親や地域の人たちにも聞いてもらいたい。

「ＰＴＡに話してみればいいんじゃない？」

と言ったのは、またしても小野田だ。小野田のお父さんが、今年度の保護者会の会長なのだ。

「そこから保護者たちに連絡してもらって、自治会の回覧板で伝えてもらえばいいんじゃない。どう？」

「ナイスだ、小野田！　今日の小野田はさえている！」

忍が大げさに言って、クラスのみんなが笑った。てっきり怒ると思った小野田は、得意げに胸を張って鼻の穴をふくらませていた。もしかして、忍のことが好きなのか？　なんて思ったけど、そんなことはどうでもいい。今日の小野田は確かにさえている。

みんなでいろいろと話し合って、担当のグループに分かれて計画を練っていくことになった。チラシを作って、近所のスーパーや商店街、習い事先などに配ることも決めた。

「実はさ、今日の提案のために、戦争について勉強してきたんだ」

と、忍にこっそり打ち明けられた。忍らしい。どうりで、詳しいと思った。

五時間目だけでは時間が足りなくて、集まれる人だけで放課後にも打ち合わせをした。田中さんのことを、みんなに知ってもらいたい。おれは、腹の底からむくむくと気力がわき上がってくるのを感じていた。

7

「おーい！　拓人、宇太佳ー」

三人の男子が自転車をこいでやって来る。花林神社の鳥居のところで待機していた、おれと宇太佳で大きく手を振った。忍は塾があって今日は休みだ。

「こっちこっち！」

「ここに来るの、なんだかひさしぶりだなあ」

大橋(おおはし)が言い、吉(よし)ピーと真司(しんじ)がうんうんとうなずく。二組の優等生トリオだ。

三人は、おれたちが教えなくても手水舎で手と口を洗い、本殿で手を合わせた。納得の優等生トリオだ。

今日は大橋、吉ピー、真司の三人が、田中さんにインタビューをすることになっている。講演会の日、田中さんの話を聞く前に生徒で発表する予定だ。

「どうぞ、上がって」

宇太佳が自分の家のように言うので、思わず笑う。

「やあやあ、いらっしゃい。拓人くんたちのクラスメイトの大橋くん、吉ピーくん、真司くんだね。聞いてるよ」

三人は家に上がってもキョロキョロしないで、勧められた場所にすっと座って行儀よくしていた。

冷蔵庫からサイダーを出してコップに注いで持っていくと、三人はびっくりしたようにおれを見て礼を言い、喉を鳴らしてうまそうに飲んだ。

「今日は、田中さんにインタビューをするためにお邪魔しました。田中さんのことについて、学校のみんなに知ってもらおうという目的です。戦争のことは、講演のときにお話しいただくので、今日は田中さんの子ども時代のことや、日常のことについて聞いていきたいと思います」

大橋がハキハキと今日の内容を説明する。

「全校生徒からアンケートをとって、田中さんへの質問を集めてきました。これから質問していきますので、答えていただけますか？」

吉ピーだ。メガネのレンズがきらりと光る。

「いいともいいとも、なんでも聞いてください」

と田中さんは顔をほころばせて、姿勢を正した。

「では、はじめます」

真司が質問して、大橋と吉ピーがメモを取っていく段取りらしい。

「田中さんの生年月日を教えてください」

「昭和八年九月六日生まれの八十五歳です」

「田中さんは、何人兄弟ですか」

「兄と妹の三人兄妹です」

「田中さんは何小学校でしたか」

「みんなと同じ小学校だよ。わたしが通っていたときは、今のあけぼの小学校ではなくて、第三尋常小学校だったけれどね」

真司がおおっ、と言い、おれたちもどよめいた。そうか、田中さんもおれたちと同じ小学校だったのだ。なんだかすごく不思議な気持ちだ。小学生の田中さんが、もしかしたら、おれと同じ教室にいたかもしれないのだ。

「うちの小学校、去年が創立八十周年記念だったよね」

吉ピーが言う。そうだ、去年はあけぼの小学校の八十周年だった。全校生徒で「祝創立八十周年」という文字を作って、航空写真を撮ったっけ。

八十周年記念ということは、この小学校ができたとき、田中さんはわずか五歳だったのだ。ますます不思議な気分になる。

「子ども時代、なにをして遊ぶのが好きでしたか?」

真司が田中さんを見つめて質問を続ける。

「物心がついたときはもう軍国主義的な色合いが強くなっていたからねえ。戦争ごっこやチャンバラが多かったかなあ。あとはほら、学校の向こうに川があるでしょ。あそこでドジョウやタニシを捕ったりしたよ。竹馬やメンコでも遊んだねえ」

「竹馬やメンコですね、なるほどです」

真司が返して、大橋がメモを取る。

「あのう、ちょっといいですか」

吉ピーだ。遠慮がちに手をあげている。

「なんだい？」

「メンコってなんですか？」

吉ピーの問いに、田中さんが目を大きく見開く。

「メンコを知らないのかい？」

こりゃたまげた、と顔に書いてある。

「ぼくも知らないです」

と大橋が言った。実はおれもイマイチわからなかった。メンコって名前は聞いたことがある。紙でできていてそれを地面に当てる、みたいな遊びだったと思う。昔、親戚の家でお父さんと兄貴がやっているところを見たことがあるけど、なにをしているのかよくわからなかった。

「おれ、やったことあるよ」

宇太佳だ。いとことお正月にやったそうだ。

「ぼくは知識だけ。実際に見たことはないです」

真司が答える。

「そうかそうか、時代は変わったもんだねえ。メンコというのは、厚紙でできた丸やら四角やらの形をした遊び道具でね。地面に置いたメンコを裏返した人の勝ちなんだ」

「裏返す？」

「自分のメンコを地面に叩きつけて、その風圧で相手のメンコを裏返すんだ」

へえー、と優等生トリオが感心したようになる。

「今度みんなでやってみたいねえ」

「ぜひ教えてください」

真司が即座に返す。さすがだ。でもほんとに、田中さんと一緒にメンコで遊べたら、たのしいだろうなと思った。

写真で見た田中さんの少年時代を頭に思い浮かべる。ランニングシャツを着た坊主頭の、やさしそうな男の子。あの子が竹馬に乗ったりメンコ遊びをしていたのだと思うと、おれも同じ遊びをしたくなった。

「今の子たちは、なにをして遊ぶことが多いんだい？　やっぱりスケボかな」

田中さんがたずねる。優等生トリオは、田中さんの「スケボ」という言い方に、誰も笑わなかった。まったく表情を変えなかったのには驚いた。

「ぼくたちはゲームが多いですかね。Switch（スイッチ）とかＰＳ４（プレステ）とか」

大橋が答える。

「スイッチ？　プレ……ス？」

そう返した田中さんのきょとんとした顔に、こらえきれずに噴いてしまった。おれと宇太佳が笑うと、真司と大橋と吉ピーも遠慮がちに笑った。

「では、次の質問いいですか？」

笑いをひっこめて、真司がたずねる。

「はい、どうぞどうぞ」

「田中さんの趣味はなんですか？」

「趣味といえるほどのものはないけれども、音楽を聴くのは好きです」

「どんなジャンルの音楽ですか？」

「いやいや、そんなそんな。ジャンルなんて、考えたこともないよ。ラジオで音楽番組を聴くぐらいかなあ」

田中さんがおれたちの名前を聞いて、三重奏と呼んだことを思い出した。音楽を聴くのが好きだったんだ、と今さらながらに納得する。

「田中さんはなにをしているときが、いちばんたのしいですか？」

真司が続けて質問していく。

「そうだねえ、花林神社にお参りに来てくれる人を見かけると、とてもたのしいというか、うれしくなるよ」

真司が、そうですか、とうなずくと、吉ピーが「お参りに来なくっちゃね」と言った。今回の企画で田中さんを知ってもらって、花林神社を訪れる人が増えればいいなあと思う。

そのあとも、真司はたくさんの質問をしていった。事前に一年生から六年生に、「田中さんに聞きたいこと」というアンケートをとったら、たくさんの質問が返ってきたのだ。

「田中さんの好きな色は何色ですか？」

低学年の子の質問だろう。場は和んだけど、おれは内心ハッとした。田中さんの好きな色なんて、考えたこともなかった。忍の好きな色も宇太佳の好きな色も知らない。

「好きな色。そうだねえ、緑かな。木々が葉をたくさん茂らせているのを目にすると、気持ちがいいからね」

田中さんが答えると、「おれも緑！」と、宇太佳が言った。

「ぼくは青かな」と大橋が言い、「おれ、黄色」と吉ピーが言って、「おれは赤」

と真司が言った。

「拓人は？」

と宇太佳に聞かれ、おれは「水色」と答えた。春の空みたいな水色が好きだ。

今度、忍にも聞いてみようと思った。お母さんにもお父さんにも兄貴にも。

「最後の質問です。田中さんの好きな食べ物はなんですか？」

田中さんは、大きな笑顔で、

「チョコバナナ」

と答えた。

「へえ、チョコバナナ！　おしゃれですね」

真司たちは愉快そうに笑っていたけれど、おれと宇太佳は顔を見合わせて、お互い泣き笑いみたいな表情になったのだった。


六月に入り、雨の降る日が多くなった。外で遊べないから梅雨の時期はあまり好きじゃなかったけれど、今はちょっと違う。花林神社は雨が似合う。境内がしっとりと湿って、鳥居や本殿や慰霊碑の輪郭がくっきり際立つように見えて、とてもきれいなのだ。

「手の具合はいいそうだよ」

田中さんが言う。骨折後の経過はいいらしいけれど、ギプスを取るのにはまだもう少しかかるそうだ。

「よかったあ。ギプスが取れれば、だいぶ楽になりますね」

講演は、余裕をみて七月の頭に予定している。

小野田は、あれからすぐに保護者会会長であるお父さんに話を通してくれた。ＰＴＡの会議で了承してもらい、そこから地域の人たちに回覧板で知らせてくれることになっている。

チラシを作ったり、戦争のことを調べて廊下に展示したりと、クラスが一丸となって田中さんの講演開催について動いている。

そうこうしているうちに、来週はもう修学旅行だ。グループ分けは、あみだくじで決まった。好きな者同士でいいじゃん、と思ったけど、トランクスは、

「特定の誰かではなくて、クラスメイトのみんなと仲良くしてほしいんだ。これまであまり話したことがなかった友達も、話してみたら意外と気が合うなんてこともあるかもしれない。ぜひ考えてみてください」

と、そんなふうに言葉巧みにみんなを誘導して、結局乗せられたクラスメイト

の多数決で、あみだくじになったのだった。

男子は三つのグループに分かれて、おれは忍とも宇太佳とも分かれてしまった。忍と宇太佳は同じグループだ。いいなあと思ったけど、大橋と一緒だったから、まあ、よしとした。

「ほっほう、修学旅行かね。それはたのしみだねえ。ワックワクしちゃうね！」

田中さんが満面の笑みで言った。おれに合わせて、ワックワクなんていう言葉を使ったのだと思うけど、そんな言い方したことなかったし、田中さんの口調があまりに不自然だったこともあって、笑ってしまった。

「どこに行くんだね」

「日光です」

「いいねえ。東照宮(とうしょうぐう)の見ざる聞かざる言わざるだね。何十年も前に一度だけ行ったことがあるなあ」

「田中さんは修学旅行、どこに行ったんですか」

なんの気なしに聞いてみた。聞いた瞬間、あっ、と気付いた。戦争中だったから、修学旅行になんて行けなかったはずだ。

「修学旅行は行けなかったんだよ。戦争で、それどころではなくなってしまってね」

「……ですよね。変なこと聞いてすみません……」

なんでおれはいつも余計なことを言ってしまうんだろう、アホだ。

「拓人くんが謝ることなんてないよ。たのしんでおいで。帰ってきたら、どんなだったか聞かせてね」

田中さんのお土産、なににしようかと考えると、さっき田中さんが言ったように気持ちがワックワクした。きっと忍と宇太佳も同じだろうと思った。

8

修学旅行の当日は、薄曇りの空模様だった。

「拓人、ほら、ちゃんと食え」

今日はいつもより四十分早く家を出るから、早起きした。食卓にはお父さんがいる。朝会うのはひさしぶりだ。

「もう腹いっぱい」

「なに言ってんだ。たくさん食わなきゃもたないぞ」

自分はコーヒーしか飲まないくせによく言う。

「じゃあ、おれは先に行くから。修学旅行、たのしいといいな」

スーツ姿のお父さんはそう言って、四角いカバンを持って席を立った。

「行ってらっしゃい」

お母さんのあと、おれも「行ってらっしゃい」と続けた。言ってから、ひさしぶりに使う言葉だなあと、ふと思う。

「拓人、修学旅行の忘れものないわね？」

お母さんがしつこく聞いてくる。おとといぐらいから、毎日何度も聞いてきて、いいかげんうんざりする。

「ない」

って言ってるだろ。と、最後のところは心のなかだけにとどめた。

「そんなことより、田中さんのこと」

おれが言うと、

「はいはい、わかってるわよ。しつこいわねえ。田中さんの様子を見に行けばいいんでしょ？　何回言うのよ、まったく」

と、あきれたように頭を振った。おれが同じことを言ったら、耳から湯気を出して怒るくせに、自分は思ったことを平気で口にする。母親特権ずるいよなあ。

でもおれは口答えしないで、

「よろしく頼みます」

と頭を下げた。たった一泊だけど、田中さんのことが心配なのだ。

「あら、まあまあ」

お母さんは、含みを持たせた顔でおれを見た。ちょっと前とは大違いだってことを言いたいんだろうけど、ふん、言わせとけ。

玄関でスニーカーを履いていると、兄貴も顔を出した。今日は高校の創立記念日とかで、休みらしい。

「拓人。いろは坂でゲロるなよ」

「ゲロるわけないだろ」

「おれ、ゲロった」

「マジ？　兄貴ゲロったの？」

兄貴が笑いながらうなずいたところで、

「朝っぱらから、なにを言ってるの。やめてちょうだい」

お母さんが割って入る。

「拓人。ほら早く。遅刻するわよ」

お母さんと兄貴が外まで見送ってくれた。

「じゃあ、行ってきます」

「行ってらっしゃい」

二人が手を振る。おれはちょこっと手を振り返して、学校にかけていった。

湯滝（ゆだき）、中禅寺（ちゅうぜんじ）、中禅寺湖の遊覧船、華厳（けごん）ノ滝、輪王寺（りんのうじ）、東照宮、二荒山（ふたらさん）神社、大猷院廟（たいゆういんびょう）。途中、何度か小雨が降ったけれど、傘をさすほどではなかった。

神社仏閣ばかりで、見学しても特におもしろみはなかったけど、東照宮はきらびやかで豪華だった。花林神社も金色にすれば、もっと参拝の人が来るのになあと思った。おこづかいに余裕があるときは、お賽銭を十円じゃなくて百円にしようとひそかに決意する。

東照宮の見ざる聞かざる言わざるだけは、しっかり見ようとはりきっていたけど、思ったよりふつうで、なあんだ、という感じだった。眠り猫のところには大勢の人が並んでいたから期待したけど、めっちゃ小さくて、こっちも、なあんだという感じだった。

彫りもののなかでおれが気に入ったのは、想像の象だ。狩野探幽という有名な人が下絵を描いたらしいけど、狩野さんは本物の象を見たことがなかったそうだ。象の話を聞いて、想像だけで描いたらしい。耳がでかくて鼻が長い大きな生き物を、想像だけでここまで描けるなんてすごい。どっしりしていて、目がちょっとエッチっぽくって、なかなかセンスがあると思った。

滝はおもしろかった。崖を上から下にしぶきをあげて勢いよく流れ落ちていって、超かっこよかった。マイナスイオン満載って感じだ。滝マニアにでもなろうかな、なんて思ったりしたほどだ。

旅館ではグループのみんなとＵＮＯをやったり、トランプをやったりした。ふだんは一緒に遊ばない連中だったけれど、意外にもたのしかった。

みんなで入るお風呂ははずかしかったけれど、全員が裸のせいか、かっこつける暇もなくて、なんだかひどく公平な気がした。

意味もなく大笑いして湯船につかりながら、頭のどこかで、おれは田中さんのことを考えていた。田中さんの入浴を手伝った日のこと。田中さんのとんがった背骨、田中さんのしぼんだお尻、田中さんのしなびたおちんちん、田中さんのえぐれた左足。おれたちの身体とはまったく違う田中さんの身体。

昔、おれと同い年だった田中さんは、修学旅行も行けなくて、戦争でお父さんとお兄さんを亡くし、空襲でお母さんと妹さんを亡くして、天涯孤独の身となった。

田中さん、今頃なにをしてるだろうか。もう寝ているだろうか。お母さん、今日ちゃんと様子を見に行ってくれただろうか。気が付くと、頭のなかは田中さんのことでいっぱいになっていた。

修学旅行から帰ってきて、おれたちはすぐさま田中さんちに集合した。お土産を早く渡したかったのだ。

ところが、田中さんはいなかった。家の鍵が締まっていて、さっきから何度もブザーを鳴らしているのに出てこない。

「おかしいな」

「なんでいないんだ?」

「昨日は変わりなかったって言ってたけど……」

さっき、お母さんに聞いたばかりだ。ただいま、も言わないで「田中さんは?」って聞いたおれにはあきれていたけれど。

「まさか死ん……」

忍が途中まで言って口をつぐむ。最悪の事態を想像して、さーっと血の気が引いた。

「田中さんっ！　田中さんっ！」

田中さんの家の引き戸をドンドンと叩いた。なかで倒れているなんてことはないだろうか。めちゃくちゃ心配になって超あせった。

「田中さんっ！　なかにいるんですか！　開けてください！　田中さんっ！」

おれたちは交互に引き戸を叩いて、ブザーを押しまくった。宇太佳が窓を確認したけれど、開いていなかった。カーテンが引かれていて、なかの様子は見えない。

「おれ、家に戻ってお母さんに言ってくる」

そう言って、かけ出そうとしたときだった。鳥居の向こうから、田中さんがゆっくりと歩いてくるのが見えた。

「田中さんっ！」

おれの声に忍と宇太佳が反応して、三人で全速力でかけ寄った。

「やあやあ、みんな来てくれたのかい。修学旅行で疲れただろうに」

田中さんは、にこにこと笑っている。

「田中さんっ、家にいないから心配したよ！　どこに行ってたんですか！」

なぜか怒ったような口調になってしまう。

「……無事でよかった」

宇太佳が大きく息を吐いて、膝に手を置いた。忍も大きく胸を上下させて深呼吸をした。

「ああ、みんな心配してくれたんだね。ごめんね。どうもありがとう、ありがとう」

田中さんが拝むように手を合わせた。

「あっ！」

思わず叫んだ。

「ギプスがないっ！」

田中さんの右腕からは、ギプスが消えていた。

「ギプス取れたんですかっ！」

田中さんはにこやかにうなずいて、みんなのおかげだよ、と言った。

「今、病院に行っていたんだよ。ずいぶん時間がかかって遅くなってしまった。

待たせてしまって悪かったね。もう大丈夫だよ、ほら。もう全然痛くないよ」

そう言って、田中さんは右手首を動かした。

「やったあ！　バンザーイ！」

宇太佳が言い、忍も、バンザーイ！　と言った。おれも一緒になって、バンザーイ！　と叫んだ。

「これ、お土産です」

田中さんの家で、おれたちはそれぞれに買ってきたお土産を田中さんに渡した。

お土産選びは、めっちゃたのしかった。修学旅行の肝と言ってもいいくらいだ。三千五百円のお小遣いから、自分と家族と田中さん用にぴったりなものを選ぶのは悩ましかったけど、それも含めてとってもたのしい時間だった。

結局、田中さんには湯飲みを買うことにした。忍と宇太佳と相談して、かぶらないように決めた。お父さんとお母さんには箸、兄貴にはボールペン。家用にお菓子。自分用には、龍の置物とキーホルダーだ。

「かっこいいお湯飲みだねえ。徳川家康の人生訓が書いてあるよ。すばらしいねえ」

田中さんは湯飲みを両手で包み込むように持って、徳川家康の人生訓を読んでいる。喜んでくれてよかった。実は、田中さんのお土産がいちばん高かった。六百九十円なり。

「おお、宇太佳くんのは、見ざる聞かざる言わざるの置物だね。エンピツも立てられるんだね。すごいなあ。忍くんからは、印籠(いんろう)の根付け。うれしいなあ」

田中さんは、忍からの根付けを家の鍵に付け、宇太佳からの三猿の鉛筆立てにボールペンを立てて、おれの湯飲みでさっそくお茶を飲んでくれた。

「拓人くん、忍くん、宇太佳くん。本当にどうもありがとう。うれしいよ。こんなおじいさんにお土産を買ってきてくれるなんて、本当にありがたくて……」

田中さんはそう言って、目尻をぬぐった。おれはつられないように、気合いを入れてバチバチと瞬(まばた)きを繰り返した。

「そうだ！　田中さん、風呂入りますか」

と、聞いたのは忍だ。なるほど、ナイスアイデアだ！　ギプスが取れたんだから、今日からは堂々と風呂に入れる。前回入ったときから、すでにひと月以上たっている。

「そうだねえ。お風呂に入ろうかね」

「すぐに用意しますっ」

おれたちはネズミみたいに、すばやく動いてお風呂の準備をした。お湯の沸かし方もちゃんと覚えている。

「今日は一人で洗えるよ」

「なにかあったら呼んでください。ここにいますから」

宇太佳はそう言って脱衣所で待機していた。

時間はかかったけど、田中さんは一人で全部できた。

「ああ、気持ちよかった。お風呂はいいねえ。気候もよくなってきたし、これからはしょっちゅう入るよ。もう一人で大丈夫だからね」

手をけがする前は一人でお風呂に入っていたんだから当たり前だけど、おれの気持ちはちょっと複雑だった。うれしいのはもちろんなんだけど、どこかさみしいような、ちぐはぐな気持ちだ。

それからおれたちは、田中さんに請われるがままに、修学旅行の出来事をたっぷりと話した。昨日出発して、今日帰ってきたばかりなのが不思議だった。もっとずっと前のことみたいだ。

口に出してみると、そのときはなんとも思わなかった出来事のひとつひとつが、めちゃくちゃおもしろいことのように感じるのが不思議だった。

田中さんはたくさん笑いながら、本当にたのしそうに話を聞いてくれた。おれは、しゃべりがうまいお笑い芸人になったみたいな気持ちで、調子よくしゃべりまくった。なにを話しても田中さんはウケてくれた。

そして話せば話すほど、修学旅行の思い出が改めて胸に刻まれて、ああ、こんなにたのしい経験をしたんだなと思って、誇らしい気持ちにもなった。

帰るとき田中さんは、いつものように鳥居の外まで送ってくれた。

「今日は疲れてるだろうから、早めに寝たほうがいいよ。わざわざ来てくれて、本当にどうもありがとうね」

「田中さんも、ギプスが取れたばかりだから寝てください」

と言うと、忍が、

「ギプスが取れたから、気持ちよく眠れると思うので、ゆっくり寝てください。だろ？」

と訂正した。確かにその通りだ。

「拓人くん、忍くん、宇太佳くん」

田中さんが、おれたちの名前を呼ぶ。

「みんなのおかげで、手はすっかり治りました。これまで本当にどうもありがとう。大変お世話になりました。みんなと過ごすのは、わたしにとって、この上なくたのしくて幸せな時間だったよ。これまで生きてきて、こんなに充実した日々はなかったぐらいだよ。わたしはもう一人で大丈夫だからね。拓人くんと忍くんと宇太佳くんは、これからの時間を自分のために使ってね。これまで、こんな年寄りに付き合ってくれて、本当にありがとうね。感謝しきれないよ」

田中さんが深々と頭を下げる。

そうだった。親との約束は、田中さんの骨折が治るまでということだった。

「もう、来ちゃいけないんですか」

そう聞くと、田中さんはゆっくりと首を振った。

「もちろんいつでも来ていいんだよ。わたしはいつもここにいるからね。でもね、どうか、みんなにはお友達や勉強を優先してほしいんだよ。時間をね、大切に使ってほしいんだ」

おれはなにかを猛烈に言いたかったけれど、適当な言葉はすぐには見つからなかった。

田中さんがいつまでも手を振ってくれるなか、おれたちは振り返りながら、自転車を押して歩いていった。

翌日からも、おれは迷うことなく田中さんの家に行った。親との約束とか関係なく、自分が田中さんに会いたかったのだ。

おれの姿を見て、田中さんは一瞬驚いた顔をしていたけど、すぐに「やあ、やあ、拓人くん」と言って、いつもの笑顔で迎えてくれた。

田中さんの手は日が経つごとに動きがよくなり、田中さんは「リハビリだからね」と、境内をほうきで掃いたり落ちた枝を拾ったりした。

「積極的に動かしているから、前よりも調子がいいよ」

とも言っていた。

前みたいに鳥居のところで待っていてくれることはなかったけど、田中さんはいつだって花林神社にいて、会いたいときに会えた。

忍は塾の時間が増えたようで、めったに来ることはなかったけれど、宇太佳はたまに顔を出した。

今日家を出るとき、お母さんに、

「田中さんのところに行くのもいいけど、勉強してるの？　暇だったら、なにか習い事でもはじめたら？」

と言われた。元はと言えば、お母さんが田中さんの手伝いに行くことを勝手に決めたくせに、今さらそんなことを言うのだ。本当に勝手だ。

「田中さんのところ、まだ行ってるんだってな」

兄貴にまで言われた。きっとお母さんがチクったのだろう。

「うん」

「田中さん、喜んでるだろ」

「うん。でも、前みたいに外で待っててくれなくなった」

おれは、ちょっとだけ気になっていることを口に出してみた。兄貴になら言える。

「お母さんが、なにか田中さんに言ったんじゃないかって疑（うたぐ）りたくなるよ」

そう言うと、兄貴は笑って、そんなことはないだろと言った。

「手が治ったから、おれは用ナシになったのかなあ。もしかして迷惑だったりして」

冗談めかして言ってみた。そんなこと、これっぽっちも思っていなかったけど。

「田中さん、怖いんじゃないかな」

兄貴が、少し考えるようなそぶりで答えた。

「怖い？」

「うん、期待してしまうことが怖いのかもしれない」

意味がわからない。

「これまでは約束だったから、拓人たちが毎日行ってたわけだろ？　でもこれからはもう自由だ。行っても行かなくてもいい。今日は来るかなって期待して、もし来なかったらがっかりするだろ。田中さんなりに、いろいろと思うところがあるんじゃないのかな」

「そんなこと……」

とつぶやいたきり、言葉が出なかった。わからなかった。そんな気持ち、ぜんぜんわからない。

確かに土日に行くことはなくなったけど、平日は欠かさず通っている。おれは、田中さんを裏切ったりしない。

「拓人だって、面倒くさいなって思うときがあるだろ」

「ないよ、そんなの」

と返したけれど、本当はそういうときもたまにあった。でも行けば行ったで、そんな気持ちが帳消しになるくらいたのしく過ごせるから気にしてなかった。

「へんなの！」

そう言い捨てて、兄貴の部屋を出た。頭のなかがもやもやして、おもしろくない気分だった。

9

田中さんの講演日は、あっという間にやってきた。朝のうちに雨がやんで、雲間からは太陽が顔を出している。傘をさして、田中さんが学校まで来るのは大変だから、花林神社の神さまに感謝だ。

金曜日の五、六時間目を使って、全校生徒で田中さんの話を聞くことになっている。地域の人や保護者も集まって、体育館には人があふれた。クラスのみんなの協力で準備は万端だ。

おれたち三人は司会担当。ガラではないけど、田中さんのためにがんばりたい。

「やあやあ、三重奏の拓人くん、忍くん、宇太佳くん。忍くんはひさしぶりだねえ」

田中さんが、あけぼの小にやってきた。

「田中さん、かっこいいですね」

田中さんはスーツを着ていた。

「二十年以上前のスーツだよ。あはは」

確かに少しサイズが合わないようでぶかぶかしていたけれど、それでもいつもとは雰囲気が違った。キリッとしていてかっこいい。

まずは太平洋戦争について、小野田たちのグループが発表をした。一年生にもわかるように、簡単な言葉と文章で説明をし、手書きの世界地図をプロジェクターで映し出した。すばらしい出来栄えだったけれど、そのあと小野田が、「もっとわかりやすく説明すると」と言い出し、

「日本をAくん、アメリカをBくんと仮定して……」

などと、余計な説明をしたのは頂けなかった。かえって、頭のなかがこんがらがった。

それから、真司、大橋、吉ピーが、インタビューをまとめたものを、「田中喜市さんという人」と題して、発表した。

子どもの頃に遊んだものを紹介したときは、知らない人も多いと思いますのでと前置きして、メンコの遊び方を丁寧にわかりやすく説明してくれた。保護者席からは、かすかなどよめきが起こった。子どもたちがメンコを知らないことに驚いたようだったけど、大人たちが教えてくれないんだから、知ってるわけないだろ、とおれは心のなかでツッコミを入れた。

最後の、好きな食べ物はチョコバナナ、というところでは、会場が和やかな笑いに包まれた。いい雰囲気だった。おれは小さくガッツポーズをした。

「さて、これからいよいよ田中喜市さんの講演に入ります。田中さんは、あけぼの小の前身である第三尋常小学校卒業生で、みなさんの大先輩です。戦争中、この地域でどんなことがあったのかをお話ししてもらいます。みなさん、おしゃべりしないで、田中さんのお話をじっくり聞きましょう」

マイクの前で、ゆっくりと丁寧にしゃべった。みんなに注目されて、少し緊張したけれど、堂々と胸を張って言えた。

「では、田中喜市さんに登場していただきます。みなさん、大きな拍手でお迎えください」

田中さんは、いつもの笑顔で舞台中央に歩いてきた。宇太佳が、田中さんの身長に合わせてマイクをセットする。椅子に座って話したほうがいいのでは、と提案したけれど、田中さんは立って話したいと言い、杖を突きながらの講演となった。

「みなさん、こんにちは。田中喜市と申します。花林神社の管理人をしております」

田中さんが穏やかな声で、自己紹介をする。マイクの音量もばっちりだ。おれたちは舞台袖から、田中さんの横顔を見つめた。

「先ほど、六年生が説明してくれた太平洋戦争のお話をしたいと思います。今から七十四年前に、みなさんが住んでいるこの地域で起こった出来事です」

田中さんが、ゆっくりと話しはじめた。みんな集中して真面目に田中さんの話に耳を傾けている。

軍国少年だった小学生時代。お父さんとお兄さんが戦地に行ったこと。戦死公報が届き、二人の死亡を知ったこと。残された母と妹との生活。そんななかでも、近所の友達と遊ぶのはたのしかったこと。そして、終戦日の未明に空襲に遭ったこと。ものすごい音がして、広島と長崎に落とされた新型爆弾かと思ったけれど、余った爆弾を落とされただけだったということ。その空襲で家が焼け、お母さんと妹さんが死んでしまったこと。田中さんもやけどを負って大けがをしたこと。体育館は、しずまり返っていた。なかには涙を拭っている女子や先生、保護者もいた。おれも、改めて詳しい話を聞いて胸が苦しくなった。

鼓膜が破裂するような爆音。真っ赤な炎。逃げ惑う人たち。頭のなかに、リアルな光景が浮かぶ。この町にそんな出来事があったなんて、うそみたいだ。七十四年前、おれと同い年だった田中さんに実際に起こった出来事だ。

おれは、両親と兄貴がいなくなって、一人きりになることを想像した。考えられなかった。だって、一体ぜんたいどうやって生きていけばいいんだ？　食べ物は？　住むところは？　着るものは？　一人きりでどうやって過ごしたらいい？　二度と家族に会えないのだ。悲しみ、不安、心細さ。いろんな思いが胸に迫ってきて、押しつぶされそうになる。

それから田中さんは、心聖寺の先々代の住職に引き取られて世話になったことや、花林神社について話した。

「戦争のない平和な世の中がいちばんです。人の命の重さは、なにものにも代えられません。みなさんは、未来へ向かって生きていくすばらしい人たちです。どうかどうか、一人一人が強い意識を持って、幸せに過ごしてほしいと心から願います。これでわたしの話はおしまいです。最後まで聞いてくれて、どうもありがとう」

田中さんが頭を下げると、会場から大きな拍手がわき起こった。拍手はいつまでもいつまでも鳴りやまなかった。

最後に質問コーナーがあり、多くの生徒たちの手があがった。

「はい、ではそこの黄色いTシャツの三年生男子」

忍が指して、宇太佳がマイクを持って会場を走った。

「三年二組の高橋空(たかはしそら)です。心聖寺の池には亀がたくさんいますが、田中さんが子どもの頃からいたんですか？」

思わず笑いそうになった。質問というのは、自分の想像の斜め上からやってくる。てっきり戦争についての質問ばかりかと思っていた。

「高橋空さん、質問をどうもありがとう。わたしが子どもの頃には、亀はいませんでした。しばらくしてから、金魚を飼いはじめたと思います」

「そうですか。やっぱり、あの亀はお祭りのやつなんだなあ……」

質問した三年生はそうつぶやいて着席した。

質問の手は次々とあがった。

「足をやけどしたときは痛かったですか？　わたしもこのあいだ、から揚げを作るのを手伝っているときに手の甲に油が飛んできて、ものすごく熱かったです。すぐに冷やしたけど、水ぶくれになりました」

「それは大変でしたね。でも、お手伝いしてえらいですね。わたしが足にやけどをしたときは、なにがなんだかわかりませんでした。とにかく逃げるのに必死でした。そのあとも、母と妹をさがすことに一生懸命で、足のことは二の次でした。そのうちに歩けなくなってしまって、心聖寺の住職に手当をしてもらいましたが、そのときには膿んでしまってひどい状態でした。皆さん、やけどしたらすぐに冷やしてくださいね」

　やけどの質問をした四年生の女子は、田中さんの返事を聞いて、

「田中さんがかわいそうです」

　と言った。

「そんなふうに言ってくれて、どうもありがとう。戦争中は、わたし以上にかわいそうな人がたくさんいました」

　田中さんが返すと、その子は、みんなかわいそうです、と言って着席した。

「田中さんは花林神社の管理人さんですけど、神さまの姿を見たことがあります

か?」

二年生女子だ。質問というのは多方面にわたる、とつくづく思う。

「すてきな質問をどうもありがとうございます。残念ながら、神さまのお姿を見たことはないんです。けれど、目に見えるものがすべてではないと思います。神さまは花林神社におられます。それをみなさんが心のうちで承知しているから、お参りに来て手を合わせてくださるのだと思っていますよ」

なるほど、と思わずうなずいてしまう。

「六年一組の黒柳宗也(くろやなぎそうや)です。田中さんは子どもの頃、軍国少年だと言っていましたが、いつ考えが変わったんですか? 戦争を体験した人は同じようなことをよく言いますが、そんな急に考えって変わるもんですか。今は戦争に反対なんですよね?」

黒柳の質問に、会場がざわめく。田中さんを批判しているような物言いじゃないか。ムッとして、おれは黒柳をにらんだ。

田中さんを見ると、べつに怒っているふうではなくて、むしろ普段以上にやさしい顔だった。

「講演で話したことと重複するところがあるかもしれませんが、いいでしょうか」

黒柳がうなずき、田中さんはゆっくりと二度うなずいてから、話しはじめた。

「はい、黒柳宗也くんの言う通りです。わたしが子どもの頃は戦争一色で、敵をやっつけるぞ、と友人たちと息巻いていました。父を戦争にとられ、兄もお国のためにと喜んで兵隊に行きました。その軍服姿を見て、かっこいいなあと思ったものです。日本は絶対に勝つと信じていました。わたしが思っていただけではなく、世の中すべてがそういう雰囲気でした。日本は優勢で必ず勝利するから、国民は戦争に協力しなければいけないと、学校の先生からも毎日のように言われていました。その頃のわたしはまだ子どもでしたから、大人や先生が言うことは、無条件で正しいことだと思っていました。

そのうちに父が死んだという連絡が届きました。お国のために命をささげたということで、立派だったねとみんなに言われました。兄からは手紙が届きました。お国のために精一杯戦います。喜市くん、母とチヨをお願いします、と書いてありました。チヨというのは妹の名前です。

兄が亡くなったとき、母は泣いていました。ただただ、しずかにずっと泣いていました。父が亡くなったとき、母が泣いている姿を目にしたことはなかったのですが、隠していただけで、わたしの知らないところで泣いていたのだと思いました。わたしも悲しかったです、やさしかった父と兄が死んでしまったのですから当然です。

それでもまだ日本は、絶対に勝つという雰囲気でした。わたしは、こんなに人が死んでも戦争には勝てるのだなあ、とぼんやり思っていました。父や兄は、日本が勝つために死んだのだから、仕方ないという思いもありました」

田中さんはつっかえることなく、ゆっくりとしゃべった。そしてここで、はじめて水を飲んだ。宇太佳が用意した水だ。

「うん。だから、そこからどうして、戦争反対になったのかを知りたいんだよね。田中さんの思考の変化をさ」

黒柳が持っていたマイクで勝手にしゃべった。黒柳とは三、四年のときに一緒のクラスだったけれど、ちょっと変わったやつだ。早い話、忍を×2にしたような人間なのだ。

「そうですね、黒柳くん。これからその話をしようと思いますよ」

田中さんが穏やかに微笑(ほほえ)む。マジで菩薩レベルだ。

「けれど、結局日本は負けました。母と妹は炎に包まれて死にました。生き延びたのは、家族のなかでわたし一人でした」

「それはもう聞きました」

黒柳がまた勝手にしゃべり、まわりからブーイングが起こった。すかさず宇太佳が、黒柳からマイクを取り上げる。

「戦後、世の中はどんどん変わっていきました。教科書は、戦争に関することすべてが黒く塗りつぶされました。帝国主義は姿を消し、民主主義になりました。帝国主義というのは簡単に言うと、武力で国の領土を広げることです」

「それって、戦争ってこと？」

と、誰かが大きな声で言った。

「そうです。力で他の国に攻めることです。民主主義というのは、わたしたちが自分たちのために政治をして話し合って、自由と平等を保障するものです」

「そっちのほうがいいじゃん！」

と、また誰かが言った。マイクを持って宇太佳が走ったけれど間に合わない。でも、マイクなしでもちゃんと耳に届く。みんな、自分の声で田中さんに話しかけたいのだ。

「日本は戦時中とはまったく違う国になりました。それこそ、正反対の主義になったのです。先生たちは泣いていました」

「どうして？」

と、声が飛んだ。

「あなたは、どうしてだと思いますか？」

田中さんが質問を質問で返した。宇太佳が走って、「どうして？」と聞いた四年生男子にマイクを向ける。近くにいたから間に合った。

「ええっと、戦争に負けたから？」

田中さんがうなずく。

「他に意見がある人いますか？」

忍が呼びかけると、何人かの手があがった。

「戦争中に子どもたちに教えたことが間違っていたからだと思います」

「そうだよ、先生のくせに間違えたことを生徒に教えて、今度はそれをなかったことにしたから、恥ずかしくて泣いたんだよ」

「家族の誰かが戦争で死んだから」

「国の方針がコロコロ変わったから、悔しくて泣いたんだと思います」

「大切な教科書を黒く塗りつぶさなければならなかったから」

「先生なのに、生徒に間違えたことを教えたのが申し訳なかったからじゃないでしょうか」

「国の言いなりになったことが、情けなかったんじゃね？」

次々と意見が出て、宇太佳はマイクを運ぶのをあきらめた。

「たくさんの意見をどうもありがとう。わたしは、今皆さんが言ったことは全部その通りだと思います。いろいろな感情が押し寄せてきて、先生は涙したのだと思っています。

でも当時は、どうして先生が泣くのかがわかりませんでした。そこで、わたしは心聖寺の住職に聞いてみました。住職はこう言いました。『先生はおそらく、まわりに流されてしまったことが情けなかったのではないか』と。わたしはその意味を考えました。まわりに流されたということは、自分の意見や考えを言えなかったということです。わたしは、自分自身をおおいに反省しました。意見を言うどころか、わたしにはなんの意見も考えもなかったからです。なにも考えずに、多くの人が言うことは正しいものだと思い込んでいました。

言い訳のように聞こえるかもしれないのですが、その場に身を置いているとわからなくなってしまうのです。みんなが同じ方向を向いていると、それが正しいのだと疑うことなく思ってしまうのです。わたしはまわりに流されて、見せかけの正義に惑わされてしまいました。

母と妹が亡くなり戦争が終わったあと、わたしは自分の頭でよく考えて、自分が正しいと思うことをしようと決めました。心の声に耳を澄まして、人間としてどうふるまうのが善きことなのかを一生懸命考えました。それが人として生まれてきた意味だと思うからです。

どんな理由があれ、戦争は反対です。人が人でなくなってしまうんです。人として生まれてきた意味がなくなってしまうんです。こんなに愚かなことはありません」

田中さんの目は真剣で、強い光を放っていた。こんな田中さんは、はじめてだった。はっきり言って、めちゃくちゃかっこよかった。

「長くなってしまいましたが、今話したことが、軍国少年だったわたしが戦争に反対する人間になった理由です」

そこで田中さんは、また水をひとくち飲んだ。

「黒柳くん、質問の答えはこれでいいですか？」

忍が聞くと、黒柳はわかった、というふうにうなずいた。

「では、そろそろ時間なので、次で最後の質問にしますね。質問がある人、誰かいますか？　ええっと、では、そこの一年生の女子」

忍が指名して、宇太佳が手をあげている一年生の女の子にマイクを向けた。

「一年一組の上野朋香（うえのともか）です。田中さんの好きな食べ物のことです。わたしも田中さんと同じで、チョコバナナが大好きです。お祭りのときは、必ず買ってもらいます。田中さんもチョコバナナが好きだと知って、うれしくなりました。田中さんは、チョコバナナのどこが好きですか？」

かわいい質問に、会場は笑い声であふれた。ナイス質問だ、一年生！　目の付け所がいい。おれは心のなかでほめたたえた。

「上野朋香さん、どうもありがとう。チョコバナナ、本当においしいよねえ。このあいだの五月の花林神社のお祭りのときに、はじめてチョコバナナを食べました。甘くて柔らかくてきらきらしていて、まるで夢を食べているようでした」

田中さんが答えると、和やかな笑いが起こった。おれは、お祭りのときにチョコバナナを見て、きれいだねえ、と言った田中さんの顔を思い出した。戦争の話では泣かなかったけど、今のチョコバナナの話にはなぜか視界がにじんで、田中さんの姿がぼやけて見えた。

田中さんの講演は大成功だった。おれたち三人は、校長先生に名前を呼ばれ、六年二組の代表として、今回の企画についてほめられた。まんざらでもない気分だった。

10

梅雨が明けた。暑い日差しが、カーッとアスファルトを照りつける。

おれと宇太佳は、スケボーを再開した。田中さんのギプスが取れたから、スケボーはできるようになってはいたけれど、花林神社の前でやるのはなんとなくためらわれて、まだやっていなかった。

けれど今日からは、誰に気兼ねすることなく、大手を振ってスケボーができる。

——スケートボード可。危険のないよう遊びましょう。

花林神社の前の通りに、看板が立ったのだ。

最初に看板を目にしたとき、ああ、やっぱりここも禁止されたか……、と一瞬がっくりしたけど、「ええっ？」と二度見して驚いた。スケートボード可!?

「よかったねえ。これからはここで思う存分、スケボができるよ」

田中さんだ。

「もしかして、田中さんが……？」

「自治会の人たちにお願いしてみたんだよ。ここは神社の所有地だからね。わたしの責任で、ということで了解してもらったよ」

「すごい、田中さん！　神！」

「いろいろ言われたんじゃないですか」

宇太佳が遠慮がちにたずねた。

「大丈夫大丈夫。学校での講演を聞きに来てくれた自治会の人たちもいてね。拓人くんや宇太佳くん、忍くんたちのことを話したら、それなら、ということで快く承知してくださったよ。みんなのこと信用してるからってね」

宇太佳と顔を見合わせて、跳び上がった。

「やったあ！　どうもありがとうございます！」

おれたちは絶叫して喜んで、田中さんに何度もお礼を言った。これからは、ここで堂々とスケボーができる。

おれと宇太佳は、また前のようにスケボーをやるようになった。忍は受験勉強が忙しくなってきて、一緒に遊べる時間はほとんどなくなった。

おれたちが滑るのを、田中さんはうれしそうに見ていた。ここに来ると、すぐにスケボーをやってしまうので、田中さんの家にはあまり上がらなくなった。境内でジュースを飲んだりするときに、田中さんと話すぐらいだ。

そのうちに、この場所の情報を知った一組のスケボー連中や、他の学校の生徒たちも訪れるようになった。もめたりケンカしたりすることはなかった。みんな、この通りが頼りなのだ。問題を起こしてスケボー禁止にでもなったら、元も子もない。

おれたちは行儀よく、でもめいっぱい元気に、花林神社の前でスケボーをたのしんだ。

夏休みが近づいていた。太陽は朝から熱い光線を四方八方に伸ばし、気温をぐんぐんと上昇させて、それに合わせるようにセミの大合唱もはじまった。学校からは水筒持参のお達しがあり、水分補給についてうるさく言われるようになった。

花林神社の境内には、至る所にセミの抜け殻がくっついていた。春に宇太佳が見つけた、境内の立て看板の裏にもセミの抜け殻がたくさんあって、もうどれが去年のものかわからない。

ガリガリ君は買ったそばから溶け出して、手がべとべとになった。スケボー通りの雑貨店のおばちゃんは、子どもたちがお菓子やジュースやアイスを買ってくれるようになったと喜んでいた。

人の目を気にせずに集中して練習できるおかげで、スケボーの腕もかなり上達した。新しい技を覚えるのはおもしろかった。

でも実は最近、おれはまたサッカーをやりたくなっていた。体育の授業でサッカーがあって、ひさしぶりにボールを蹴ったら、なんだか無性にやりたくなったのだ。

クラブに入るのは嫌だったので、家の駐車場や人があまり来ない公園で、一人でひそかにボールを蹴って練習していた。ボールが足に触れるだけでたのしかった。スケボーとは違ったおもしろさがあった。

ある日、公園で一人でドリブルをしているときに、吉ピーが通りかかった。吉ピーも一、二年のときは同じ地域のサッカークラブに入っていたけれど、途中でやめていた。

おれと目が合うと、

「拓人！」

と手を振りながら、こっちに来た。

「サッカー？」

「うん」

「吉ピーはなにしてんの？」

「真司んちに行ってきた帰り。真司、これから塾だから」

吉ピーと仲のいい真司と大橋は、中学受験組だ。

「おれも交ぜてよ、サッカー。一緒にやろうよ。いい？」

おれはちょっと戸惑った。こんなふうに素直に自分の気持ちを、普段遊んでいない友達に伝えられるなんて、正直びっくりしたのだ。おれだったら、やりたくても絶対に言えないだろう。

「うん、一緒にやろう」

吉ピーを手本にしておれも素直にそう答えると、吉ピーは、やったね、と二本の大きな前歯を見せて笑った。

吉ピーと二人でボールを蹴り合った。一人でやるより、断然たのしかった。公園には誰もいなかったから、二人でゴールを決めてゲームをした。おればかりが得点を入れたけど、吉ピーもなかなかだった。

一度、おれが蹴ったボールが吉ピーのメガネに当たってあせったけど、メガネは無事でほっとした。

「拓人、またやろうよ。ひさしぶりにおもしろかったあ。またサッカーやりたくなってきたよ」

吉ピーが言う。

「うん、またやろう」

六時の時報が鳴って、おれたちは次の約束をして帰った。

その日以来、吉ピーと二人でよくサッカーをするようになった。公園以外の広場や校庭でもボールを蹴った。いつの間にか、スケボーよりもサッカーをすることが多くなっていた。

花林神社の前の通りには、はじめて見る顔ぶれが増えていき、なかには低学年の子もいた。みんな、一生懸命スケボーを練習していた。ブレイブボードをやっている子もいたけど、もちろんオーケーだ。ここは誰の場所でもないのだ。

「やあやあ、拓人くん。ちょっとだけひさしぶりだねえ」

田中さんの笑顔は変わらない。

「元気だったかい」

「はい、元気です。最近サッカーをまたやりはじめて……」

おれはもごもごと言った。

「サッカー！　いいじゃない。またぜひはじめたらいいよ。拓人くんは運動神経がいいんだから、なんでもできるよ」

うれしそうに言ってくれる。

おれは境内に入って、本殿に向かって手を合わせた。前に手を合わせたのが、ずいぶん昔のことのように思える。

ふと、兄貴が言っていたことを思い出した。田中さんは期待してしまうことが怖いのではないか、ということ。毎日来ていたおれが来なくなって、それでも期待して待ってしまうんじゃないかと。

今、田中さんはどう思っているのだろう。おれが毎日来なくなって、さみしいだろうか。

通りからは、スケボーをやっている子たちの、にぎやかな声が聞こえてくる。みんな夢中で滑っている。ちょっと前の、スケボーのことしか考えられなかったおれみたいだ。田中さんはスケボーをしている子たちを、やさしい眼差しで眺めている。

おれは思う。田中さんは、さみしくなんかないはずだと。おれたちが来なくても、たくさんの子どもたちがここに集まってくるのだから。

田中さんとは、お正月にメンコで遊ぶ約束をしている。もちろん、忍と宇太佳と一緒にだ。吉ピーや他のクラスメイトを誘うのもおもしろいかもしれない。

おれのスケボー用のシューズはすり切れて、サイズも合わなくなっていた。お母さんが新しいのを買ってくれると言うけれど、おれはスケボー用のキャンバス地のシューズではなく、サッカー用のスパイクが欲しかった。

最近急に、他のスニーカーやうわばきもきつくなってきた。これまで着ていた、体操着やTシャツも窮屈に感じる。昨日、戸棚の上にある箱を取ろうと思ったら、手が届いてびっくりした。ちょっと前までは踏み台を使っていたのに。

「暑いねえ。夏だねえ」

沈んでゆくオレンジ色の夕日に手をかざしながら、田中さんが言う。

夕方間近だというのに、太陽はぎらぎらと猛威を振るい、じっとしていても汗が噴き出してくる。

「ソーダのアイスあるよ。食べるかい？」

田中さんがにっこりと笑う。おれは大きくうなずいた。

ひさしぶりの田中さんの家は、知らない人の家みたいな匂いがした。

解説

森 絵都（作家）

本書『昔はおれと同い年だった田中さんとの友情』を手に取り、この気になるタイトルの小説を読もうかどうかと迷い、まずは解説でも見てみるかとこのページを開いた方がいるとしたら、むずかしいことは考えず、ぜひ読んでみることを猛烈にお薦めしたい。読み終えたあと、あなたは絶対に「読んでよかった」と思うはず。

と、解説者としてやることをやった上で、本書について触れる前に、まずは本書の作者について少し話をさせてほしい。

椰月美智子さんは今をさかのぼること約二十一年前の二〇〇二年、平穏無事ながらも波瀾万丈な小学六年生の毎日を描いた『十二歳』で第四十二回講談社児童文学新人賞を受賞し、鮮烈なデビューをとげた。このキラキラとまばゆいデビュー作を読めば、たとえその瞬間に立ち会っていなくても、それがどれほどの鮮烈さであったか想像できる。応募作の一作としてこの作品と出会った下読みの方たちも、候補作の一作として出会った選考委員たちも、完成された単行本を手にとった読者たちも、誰もが大型新人の登場にさぞ胸を躍らせたにちがいない。ダイヤモンドの原石ではなく、椰月作品は初めて世に送りだされた時点ですでにしっかりと磨かれていた。

当時、ヤングアダルトの世界からやや離れていた私が初めてその輝きに触れたのは、その後、数々の賞を受賞しながら作家道を駆け上がっていった椰月さんが、五作目にして二冊の短編集を同時に上梓したときだった。

『みきわめ検定』と『枝付き干し葡萄とワイングラス』。書店の店頭に並んでいたこの二冊を目にしたときの驚きは今も忘れない。短編集を二冊同時に刊行？それだけでも異例のことなのに、奥付を見ると、著者はデビューしてまだ六年目。短編好きの私はビビッとくるものを感じ、迷わず二冊を購入した。

家に帰って早速読みはじめ、その完成度の高さにますます驚いた。ぶったまげた、と言ってもいい。

二冊合わせて二十編以上も収められていた短編小説は、いずれも斜め目線とでも言うべき独自のアングルから独特のシャープさをもって綴られ、切れ味が爽快でとても面白く、しかも、多くの作品がハッとするような飛翔の瞬間を秘めていた。たった数ページの中で何かが劇的に変わる。短編ならではの醍醐味だ（ちなみに、『みきわめ検定』に編まれていた『るり姉』の前身「川」は、目下、『るり姉』文庫新装版に収録されているので、椰月ファンは要チェックです）。

なんだかすごい作家が現れたと私は興奮し、以降、いちファンとして椰月作品に注目しつづけてきた。

私の、そして多くの読者の期待を裏切らず、その後も精力的に作品を生みだしていった椰月さんの活躍は、今さら書くに及ばないだろう。が、敢えて一つ挙げるとするならば、あの二冊の短編集が放っていた際どいまでのシャープさを、椰月作品は常にどこかで宿しつづけていたように思う。世間一般の通念に抗うように、思いもよらない角度から世の営みを見つめ、誰も触れたことがないような何かを掬いとる。それを挑戦と呼ぶのをためらうほどに、しかし、その作風はなんというか、いつも自然体なのだった。

たとえば、『フリン』という短編集では、タイトルのまんま、やっちゃいけないとされている不倫を堂々テーマに据えながらも、善悪でくくれるわけがない男女の関係を奇妙な健やかさで描き切っている。長編小説『恋愛小説』では恋愛の核にあるエゴを、『明日の食卓』では一つ歯車が狂えば誰しも加害者となりうる幼児虐待の問題を、『ミラーワールド』では男女の立場が逆転した「女社会」を、いずれもひどく手強いテーマに挑んでいるにもかかわらず、この作者の筆からは気負いや力みが感じられないのである。

椰月美智子には「天然勇気」がある。

いつしか私はそう思うようになった。

話を戻そう。

かくの如くマイウェイを邁進してきた作者が、二〇一九年に単行本として上梓し、第六十九回小学館児童出版文化賞を受賞したのが本書『昔はおれと同い年だった田中さんとの友情』である。ジャンルの枠を超えて読者を魅了する椰月作品の中でも、これは王道的な児童文学と言える。

タイトルにある「おれ」とは主人公の拓人で、スケボー大好きな小学六年生。昔は拓人と同い年だった「田中さん」は現在八十五歳で、神社の管理人として静かに暮らしている。七十歳以上もの年齢差があるこの二人がひょんなことから知り合い、物語は始まる。

小学生とおじいさんの交流といえば、かつて椰月さんが野間児童文芸賞と坪田譲治文学賞をダブル受賞した『しずかな日々』を彷彿(ほうふつ)とするけれど、年齢差を埋めようとするのではなく、むしろ世代の開きをおもしろがるような両者の軽やかな向き合い方は本書にも共通している。とても自然に、一歩一歩、拓人と田中さんはともだちになっていく。

拓人が田中さんを好きになるきっかけが、私はとても好きだ。骨折した田中さんの身のまわりのことを手伝うことになった拓人、忍、宇太佳の三人を、田中さんがお茶ではなくコーラでもてなした瞬間、〈田中さん、ナイスだ〉と拓人は思う。さらに、おまんじゅうやせんべいではなくチョコレートやスナック菓子が出てくると、〈やっぱりナイスだ、田中さん〉とますます好意を深める。なんて説得力のある友情の芽生えだろう。

おやつ一つでも相手の身になって用意することからも察せられるとおり、田中さんはとても（〈菩薩レベル〉で）いい人で、拓人はまもなく自ら進んで境内の家に通うようになる。学校や家ではイライラしがちな拓人も、聞き上手の田中さんとは不思議と素直に話ができる。時としてちぐはぐな二人の会話は読んでいて楽しく、拓人の中で育っていく田中さんへの思いも読み手の胸をあたためてくれる。

しかし、本書の中で描かれているのは友情の光ばかりではない。影もまたそこにある。田中さんの過去を粉々にした戦争だ。

七十四年前——田中さんが拓人と同い年だったころ、彼らが暮らす地域で空襲があり、二十三人の市民が亡くなった。その事実を初めて知ったとき、拓人と共にいた忍はふとつぶやく。

「少ないな」

拓人と宇太佳もそれにうなずく。

しかし、その二十三人の中に田中さんの母親と妹も含まれていたことを知った瞬間、三人の表情は一転する。じつに正直なリアクションだと思う。

遠い過去に起こった戦争被害とはそういうものだ。実体験のない私たちはどうしても犠牲者の数で不幸のスケールを計ろうとする。が、数字には表すことのできない一人一人の物語が必ずそこにはある。

戦争によって田中さんが失ったのは母親と妹だけではなかった。空襲に家も焼かれた時点で、すでに父親と兄も戦死していた。天涯孤独になった田中さんはお寺に引き取られた――。

目の前にいる相手の悲劇を知ることで、初めて拓人たちは戦争のむごたらしさをリアルに受けとめる。田中さんが境内で一人暮らしをしている理由。左足を少し引きずって歩く理由。その一つ一つにショックを受ける。しかし、それだけには終わらない。三人はただ胸を痛めるだけでなく、田中さんのつらい戦争体験をほかの皆にも知ってもらおうと動きだすのだ。

〈しらけチーム〉だった三人が変わる――昔は自分たちと同い年だった田中さんとの友情によって。

戦争を描く。過去の惨事を語り継ぐ。それは作家にとって重要な仕事であり、そして難しい仕事でもあると思う。

しかし、本書においても、やはり椰月さんの筆に気負いは感じられない。田中さんが好きだから、もっと話を聞きたい。みんなにも聞いてほしい。拓人たちを動かしているのがこのピュアな思いであればこそ、読み手もまた構えることなく田中さんの過去と向き合うことができるのだろう。そして、その体験の痛ましさにもかかわらず明るいものが読後に残るのは、この物語の重心が凄絶な過去ではなく、田中さんの今に置かれているためにちがいない。

過酷な人生を生きてきながらも、毎日にこにこと笑顔をたやさない田中さん。チョコバナナ一つにも輝くそのみずみずしい好奇心や、今ある世界を尊ぶ菩薩ぶりは、私たちにとても大事なことを教えてくれる。過去に悲しいことがあったからといって、今も悲しく生きる必要はないと。

本書にかぎらず、椰月作品の根底には常に人間へのおおらかな肯定感がある。私たちはまちがえる。誰もが失敗する。けれど起きあがれる。そんなに力まなくてもまた歩きだせる。

作者の「天然勇気」に力をもらって、本を閉じたあと、私たちは私たち自身の物語の中に元気よく戻っていけばいい。

本書は小峰書店より二〇一九年八月に単行本刊行された作品を加筆修正し、文庫化したものです。

双葉文庫

や-22-05

昔はおれと同い年だった田中さんとの友情

2023年4月15日　第1刷発行

【著者】
椰月美智子
©Michiko Yazuki 2023
【発行者】
箕浦克史
【発行所】
株式会社双葉社
〒162-8540 東京都新宿区東五軒町3番28号
［電話］03-5261-4818（営業部）　03-5261-4831（編集部）
www.futabasha.co.jp（双葉社の書籍・コミックが買えます）
【印刷所】
大日本印刷株式会社
【製本所】
大日本印刷株式会社
【カバー印刷】
株式会社久栄社
【DTP】
株式会社ビーワークス

【フォーマット・デザイン】
日下潤一

ISBN978-4-575-52655-4 C0193
Printed in Japan

好評既刊

るり姉〈新装版〉

椰月美智子

十代の三姉妹が慕う、お姉さんのような叔母るり子。自由で愉快で感激屋、一緒にいると世界がたちまちカラフルに色づく。「本の雑誌」上半期エンターテインメント・ベスト1に輝いた、ある家族の物語。新装版特典として、物語誕生のきっかけとなった掌編を収録。

文庫判

好評既刊

14歳の水平線

椰月美智子

父親は中学二年生の息子を誘い、故郷の島にやってきた。海で飛び込みに熱中しながらも、時に自意識を持てあます十四歳。初恋に身を焦がし、友情に触れ、身近な死に直面する……。少年が、いつの時代も心身すべてで感じとるものを余すことなく描いた成長物語。

文庫判

好評既刊

きときと夫婦旅

椰月美智子

「妻はなぜ不機嫌なのか?」夫。「家事と子育て、避けて通れると思ってる?」妻。富山県の氷見に家出した中三の息子を追い、冷戦状態の夫婦が二人旅をするはめに。ついに決別?　はたまた関係修復?　そして息子が家出した理由とは?　本音炸裂の夫婦ロードノベル!

四六判並製